三毛

典藏 13

滾滾紅塵。

E C H O L E G A C Y

沒有嚴浩導演、
沒有這個劇本的
誕生。

三毛。

前言

我之選擇了以另一種文字形式來創作，主要動力仍出自對於電影一生一世的摯愛。

一部精采的電影所帶給我的震撼，來自每一個部份所賦予的一連串衝擊，而不止是故事本身。組合這多般元素的唯一人物，是導演。

這部劇本的進行過程，也缺不了導演逐句逐場的參予和過濾。

在劇中人，能才、韶華、月鳳、合音、容生嫂嫂以及余老板的性格中，我驚見自己的影子。

誠如一般而言：人的第一部
作品，往往不经意的流露出自身
灵魂的告白。

這是我的第一個中文
劇本。

既然這份功課的完成，
是為了成就另一層次的立体
表現，那麼電影藝術的基本
探索：素材、方法設計、功用、
形式外觀以及價值，
仍將從已经完成的電影中
求取答案。

三毛.

時代背景。

◉時代

事實時代參考

● 民國三十四年（公元一九四五年）八月十五日日本宣布投降。

● 民國三十五年五月五日（公元一九四六年）「國民政府還都南京」

● 民國三十五年，國民黨開始搜捕「偽政府漢奸」。

● 民國三十五年六月二十五日，「軍事三人小組」成立協定（公元一九四六年）：「國民黨、中國共產黨雙方軍隊就同年六月六日以前情況與事實『停止移動』。」

● 民國三十五年八月十七日，中國共產黨在延安發佈第二次動員月會，全面加強攻擊。

● 民國三十五年十一月二十五日，中國共產黨發動更強力攻擊。

● 同年，國民黨「國民大會」通過「中華民國憲法」。

●民國三十六年七月四日（公元一九四七年），國民政府在國務院中通過「厲行全國總動員戡平共匪叛變方案」。

●民國三十七年六月，知識分子加入中共組織甚眾。以「美國扶植日本」為由，開始反美活動。學潮自然開始（一九四八年）。

●民國三十七年十一月，「徐蚌會戰」開始。國民黨所屬黃百韜、邱清泉將軍犧牲。（此役使中國山河易色）

●民國三十八年四月二十三日（公元一九四九年）共軍大舉渡江——長江。（同時太原失手，梁敦厚等五百人成仁。）

●公元一九四九年十月一日，「中華人民共和國」成立。

劇中時代參考

●民國三十三年末（公元一九四四年十月中旬）沈韶華由父親被廢棄的家中出來，住進租進的房間。已無父母。

●同年：沈韶華認識章能才。

●民國三十四年初（公元一九四五年）（二月，冬季）月鳳由大後方回上海。再見沈韶華。月鳳的男友小勇已去延安。

●民國三十四年三月，韶華、能才、月鳳一同去郊遊。月鳳發現章能才身分，而消失到江蘇吳縣去。

●民國三十四年（四月至五月）月鳳不再見韶華。韶華與能才意識到「時日無多」開始醉生夢死。「過了今日沒有明日」的生活。（與能才跳舞那場）

●民國三十四年春，章能才在上海消失。

●同年八月，抗戰勝利。

●民國三十五年尾期——（公元一九四六年）谷音得到了「美軍口糧」餘貨。送來給韶華。（余老闆此時在賣香肥皂）

●民國三十六年夏季（公元一九四七年）韶華又與月鳳再見。韶華去跟隨能才。

●民國三十六年秋初（公元一九四七年）月鳳將一無所有的韶華從地下室接出來。

●民國三十六年秋～三十七年秋（公元一九四八年）月鳳、韶華相依為命。住在一起。

●民國三十七年（一九四八年）秋末——月鳳死。小勇死。民國三十七年冬日——余老闆成為韶華男友。

●民國三十八年初，冬季——三月末（公元一九四九年）。韶華再見能才。

●民國三十八年能才與韶華永別。

●四十年後，能才再返中國大地，韶華已逝於文化大革命，所留下的只一本著作《白玉蘭》。

人物介紹。

◉沈韶華

● 出場時，約二十二至二十三歲。一個出生在中國上海市的女子。

● 在韶華九歲時母親已逝。

● 韶華是獨生女。

● 韶華的思想與所受的教育，來自母親影響甚大。並不因為與父親同住而傾向又有了一個妾的父系家庭。再說，因為「初戀事件」又被父親囚了起來。

● 韶華的父親是當年「美孚煤油公司」江南五省代理。家境上等。後來，也沒落了。

● 但是，在物質上，自從韶華失去了母親之後，並沒有得到父親的特別關愛。

● 韶華的外在世界，尤其在大學時代，一直被人視為是「一個在糖果中長大」的小姐。事實上她對金錢的沒有關心，並不是她如此不缺，而是將生命的注意力，放在「情感與自我」的糾纏追尋中。

●韶華一生的追尋，不過兩件事情，一、情感的歸依，二、自我生命的展現。

●這和韶華少年失母，父親與她合不來，有著不可分割的「性格欠缺因素」。韶華由少年自青年時代，渴望外來的情感，潛意識裡，實在出於對愛的「從來沒有得到過」，而產生更大的「愛情執著」。韶華將愛情與生活混為一體。

●韶華是一個生來極度敏感的人。她對於在生命中發生的一切現象，都比一般人承受得更多。基本上，這種人的悟性也極高。

●韶華是一個即使在愛情中沉醉時，仍然感到沒有安定感的人。她的苦痛是一種性格上的特質。但是，這完全不表示，韶華對於人生沒有擔當和勇氣。她是又痛苦又清楚的那種人。

●韶華是一個靠文字發洩人生無奈的文字工作者。

●韶華未婚。

●韶華是「燃燒靈魂」的代表。

◉章能才

●出場時，約三十九至四十二歲。

●無妻。

●章能才是個苦學之後，在大學時代方才接觸到城市的知識份子。父母背景模糊，因此本身給人的感覺相當獨立，有自信，有承擔，有分寸。識大體懂人心理，體諒他人（尤其是女性）。

●能才不是女性的追逐者。他的情感，如果沒有極高品味的女性出現，是不輕易交出去的。這又不表示，能才不尊重其他平庸的女性。

●在能才的性格中，交雜著「自信心」與「無力感」這兩種可以同步同行的情緒。他從不自卑，對於本身的行為，坦坦蕩蕩。替日本人做事，在他的心理境界上，「不是一樁罪惡的事」。

● 能才給人深沉的氣魄感覺。內心世界平穩也有溫柔。能才的「生命感傷」來自他是一個男性。而因為意識到強烈的「男性交代」又使他感到即使身為男性，對於生命本質的完成，是同樣的無可奈何。「無力感」由此產生。在事業上，能才亦是無力的。他不看重，也沒有什麼人看重過他。

● 能才懂得人生，懂得生活的重要。

● 能才不做夢，他踏實。

● 能才對於他生命中出現過的女性，事實上只愛過那位作家——沈韶華。

● 能才在「有愛」又有「虛的事業」時仍是個不夠快樂的男子。

● 能才在出場時的身分是：國民黨上海維持會（汪精衛偽政府）文化方面的官員。

註：

● 章能才在出場時，已具備了本身成長的滄桑，因此在以後任何情況出現時，能才擔不擔當，都源自於對於「生活」徹底的認識和了悟，不是情緒上的失控。亦因為他對待自己——是真誠的。那麼真誠以至於成了懦弱。

- 他是道德的，在另一個角度上來看。
- 他懂得愛。
- 他敏感得深穩。
- 他痛苦得看不太出來。
- 他的「生理電波」事實上與韶華相近。在看了一篇沈韶華的文章後，已經了然。那時，能才的「失控」，實在因為他潛意識裡想在韶華身上追尋一個才有所用、情有所託的心靈境界。能才不求在「生活秩序」上與韶華同步。

◉ 月鳳

- 出場時二十二至二十三歲。

●未婚。

●無父母，自小與疼愛她的舅舅一同在江蘇省吳縣長大。就學在上海寄宿，認識了她的女同學——沈韶華。

●雖然月鳳的成長衣食無缺，但沒有父母的存在，仍然使她感到在情感上的缺乏。也因為自小寄人籬下，使她養成了相當獨立又懂得自作主張的個性。

●月鳳的性格，與韶華在本質上是相同的，但表現在外在世界的風貌，卻是一個整天說說笑笑，凡事不當成真的一般的一枚「煙霧彈」。在外形上，也是鮮明的「另一種女人」。

●月鳳對於生命的要求，因為太聰明，所以沒有任何「實質工作」上的執著。她凡事不肯用心，是一種大大方方在混日子的人。只——因為——她，不要生命的展現。她實在不在乎。她的「不在乎」——「不要」，又不很認真，有時一不認真，「又去要了」。

●月鳳對於生命的執著，只有兩件：

①活下去。好活，歹活，都是活。鮮明的活下去。

②請求來上那麼一個人，好使她那顆心，擺了下去。因此月鳳將她的情，安安穩穩找了一個男朋友——不必太多性格的，癡癡忠忠的就如此交了出去。在生命的溝通上，她對男友沒有要求。

●但是，月鳳有了男朋友，仍然意識到——她的女同學，好朋友——韶華，才是真正了解她的人。在兩個女性，絕對不是同性戀傾向的認知裡，月鳳將韶華當成了精神上永恆的朋友。

●這對月鳳，又並不滿足的。她——自稱是一種「愛情動物」。她女性的風貌仍需要在一個男性身上，得到肯定和完成。

●月鳳看起來沒有韶華多愁善感，也沒有明顯的內涵。她講話一向使用「單刀直入法」，不兜圈子。身體語言大幅，嗓子清清脆脆又大聲。

●明快節奏的背後，有她自作主張的堅強。

●月鳳講義氣，敢承擔。
●月鳳——無業。賣東西，向舅父拿些零用金（舅父代管月鳳父母遺產）混混，過日子。

◉谷音

●出場時約三十二、三歲。
●已婚，有一個四、五歲的小男孩。
●谷音是雜誌社、出版社的副主持人。
●谷音的人生觀點，在於「面對現實」。谷音的現實，也就是社會大眾所肯定的「現實」。其中並不矛盾。
●谷音的能幹，在於她在當時（一九四〇年左右）的中國已是一個職業婦女，這和她受過教育有著不可分割的關係。在一個女性踏入家庭之外，工作尚不普遍的社會裡，谷音意識到她的自信來自她的工作身分以及家庭所屬。

●谷音因此很喜歡以「社會現實與價值」這一個主觀角度，常常出口就是「我勸妳——」「我不是早就告訴妳了嗎？」這種又友善又喜歡的態度「代辨他人的生命」。

●谷音對於本身的女性意識，已因為工作的原因，而相對的減低了「女性脆弱」的一面。她是不再渴望愛情的人。

●谷音十分安然於已經造就成了的「身分與生活」。並不做夢，也不在錢財、虛名上追逐。她的工作，也不代表她的「事業追求」。她只是如此按部就班的去面對她的人生。其中沒有再多「心的探索和糾纏」。

●谷音對於她的丈夫老古，是「團結合作派」。但又不是「聽話派」。她對老古，亦當成一份負責任的工作。就事論事，一切該擔當的——出版、發稿、出納，加上柴米油鹽，一把抓。

●但是，谷音仍然是女性。對於她的丈夫，她相當尊重。雖然她的尊重——

在小事情上，看不出來。

●谷音仍然是女性。她是她丈夫工作上的「好當家」之外，她也是妻子、母親。她很清楚本身的責任。

●谷音對於韶華，起初因為文章投稿而交往。日後，谷音喜歡上了在韶華身上所蘊含的複雜情緒，進而產生了對於韶華——孤苦女子的母性與友誼。

●谷音本身絕對不會如同韶華般對「生之追尋」如此投入，但谷音了解韶華此種痛苦人內心的靈魂，她常會勸韶華如何又如何，這片苦心其實救不了韶華，她也明白。她仍不死心的在關愛韶華。

●谷音最看重的人，到頭來仍是她自己——她自己，就是↓老古、她、小孩子。

◉ **老古**

● 出場時，大約四十八歲。或說，看上去比實際年齡老了很多的中年人（他與能才同學）。

● 老古是出版社的負責人，他另有一份月刊同時發行，工作夥伴是他的太太谷音。

● 老古教書的時代，教國文，認識了他的女學生，一個理想青年——谷音，而結了婚。谷音主動的，老古膽子沒有那麼大。

● 老古膽子小，所以在任何「政治情況」下，都是立即跟著呼應那「掌握樞紐」權勢的應聲蟲。他沒有理想，也沒有太大的作為，因此，在生命中，他扮演著「讓太太去擔當一切，反正她能幹」的角色。

● 老古在淪陷區中（上海淪為日本人時）什麼也不做，只看「鴛鴦蝴蝶派」小說度日子。看書不求悟性，純殺時間而已。

● 老古還是看出了「深度近視眼」。

● 老古愛抽煙，不洗手、刷牙。老古不修邊幅。

● 老古的出版社，沒有事業的熱情。

● 老古的「政治警覺」實在很高，因為他怕呀！

● 有時候，老古「明哲保身」。

● 有時候，老古不是「政治理想派」，卻又先知先覺的感受到「時代的轉向」（他怕呀！），而不知不覺投向「巨大索引」他的政治方向。老古不是「單一時代永恆論」，他是「迎合時代論」的標準人物。

● 這一切思想、理想（老古以為自己仍有）的轉為行動，在中國共產黨即將執政「大中華」時，老古表現最為明顯。

● 老古對於韶華其實沒有情感。

● 老古正如一般人——貪生——怕死。

◉小健

● 二十三、四歲（第一場出現時），三十一—三十三歲（再出現時）。

● 年輕大學生（第一場戲時）。社會青年（戰後）。

● 被韶華在二十一歲時，碰上。因為韶華當時年輕，以她接近盲目的追逐愛情，而使小健受到了鼓勵。

● 兩人的相愛，是一種年輕人必然的激情，個中沒有太深的考驗與分析。

● 但在小健的情感世界裡，這份韶華與他的初戀仍是終生難忘的。

● 小健當初拚了命想娶韶華，實在是深愛著年輕又敏感、任性、才華潰溢的韶華。

● 但是小健的家庭清寒，在與韶華的交往中，意識到了兩人出身背景的大不相同，這倒挫不了小健，因為韶華不看重家庭。

● 小健與韶華熱熾的交往，使得韶華被家中鎖了起來，喪失自由。

● 小健再見韶華時，已經與另一女子結婚，太太懷孕了。

●小健是一個沒有太多成長空間與自我想像空間的年輕人。他的特性在於——即使在愛情中得到光、熱、燃燒、希望——那份情感的堅持，仍然在於對方（女性）的再三肯定、承諾、鼓勵中才有力量撐下去。

●小健被拒三次，不再去救韶華了。（被拒的原因，可不是韶華本人）

●小健是個不夠積極的男人，在救國和救女人兩件事情上都不積極。小健的一生，是性格上自找的，他卻說——這是我的命嘛！——。

◉容生嫂嫂

●出場時半老徐娘，風韻亦是半掩半展——但看什麼人在眼前。

●容生嫂嫂是江南水鄉中住著的女子。

●丈夫早過了，無兒無女，無公婆。

●守著一間小鎮街上的老房子過活。

●環境不好，又不能下田，有那麼一點點可以活口下去的活命錢——男人留下給她的。

●不是死灰槁木的寡婦。

●現實世界中，是個精明不外露，又有韌性的女子。不然做不得舊社會中寡婦名詞下的擔當。

●沒有識過太多字，可完全了然人生的高低，不然又當不起這個身分。

●又不那麼強，強到不必要家中沒有男性——即使來的，是個落難而來暫住的男性房客，她仍然——突——然——抓——住——了——幸福和生命的意義。

◉余老闆

●自小離家。由「舟山群島」鄉下到大上海去追求「夢」的鄉土性人。

●出場時，近四十六歲，仍然鄉土味重。

●不通詩書，但生活的歷練使他語言流暢之外，也學會了如何在人生裡不再好高鶩遠。當然，苦出來的人，在「性命的救贖」認知下，只有——金錢！是一切自由的代名詞。

●余老闆在鄉下訂過親，卻因為母親死了，沒有人再向他提起。他對女人也不看見。

●戰爭時（中日戰爭）余老闆冒死「跑單幫」，帶的東西，不過一些逼切需要的民生用品。相當卑微的營生。

●日本投降之後，余老闆膽子大了，去做「軍隊補給生意」。沒有「政治意識」，絕對沒有。所以誰向他要貨，余老闆都去跑腿——只要「錢」這心肝寶貝來了就好。

●余老闆向人佝了一輩子，身體語言就老是那麼「哈」著背。仰望著每一個人。

●戰爭，軍隊的打來打去——發了余老闆。

●余老闆本性是極善良的，而且思想怪老派。（以上是先天性）

●余老闆投機取巧，又有深沉。努力，精明。（以上是後天造成）

●余老闆的「致命傷」在於他無意間仰望到了那高高在上的作家——又美麗的女人——沈韶華。他開始做夢。

●余老闆的「致命傷」在於他有了一點錢。

●余老闆的「致命傷」在於他有了錢，還是不明白什麼叫做「自信」——尤其在韶華的面前，他覺得了自己的卑微。但因為有了一點錢，余老闆又鼓足了勇氣去接近關心——沒有了錢的——沈小姐。

●在性命與愛慕——狂熱的愛慕，接近宗教性的愛上了沈小姐同時，余老闆聰明的要了「性命」又同時要了「沈—小—姐」

●在不給余老闆思索機會的「直覺要求」中——余老闆放棄了逃命與金錢，選擇了「我要在沈小姐身邊」。

●結論——余老闆仍是做夢的人。

◉月鳳男友小勇

- 出場時二十四、五歲，但更稚氣，神色明白的一副「理想青年」。
- 眉目中偶有英氣，被月鳳一打頭，就消失了。
- 合群的。輕易信任一個女人、一件理想。或一位領導人。
- 沒有複雜心態，所專一的不是為了個人的生命追求。他盲從。
- 而是相信，人生以救國（領導說的）、以革命為最偉大的情操。（領導一再說的呀！）
- 但月鳳的情結，亦是小勇內心不可缺的一面。
- 小勇仍要革命，不革命，有了愛情也是虛空。
- 所以——小勇——要了救國——再把月鳳——以愛情（真誠的）——拖下去——。（不自覺的）

◉ **王司機**

● 四十歲左右。

● 一個有著愛國理想，又因為有著「家累」，而不能不在淪陷區，為日本人的走狗，「文化漢奸」做司機的中國人。

● 司機文化不高，境界深具一般性「是非觀念」所掌握的一個血性男兒。

● 個人關係與上司章能才良好。

● 民族關心，與上司章能才全然不同。

韶華樓下住著一對小夫妻：

◉ **小夫妻中的妻子**

● 出場時二十一歲。

● 鄉下來的城裡人。

●聰明在「女人的吵架上」。以吵架、打架這兩種「架式」來表達自己對於丈夫的深情愛意。

◉小夫妻中的丈夫

●二十四、五歲。

●其實做個手藝，日子也可以過。

●他的日子不好過的原因，部分在於日本人。他參加地下工作。

●他的日子不好過，也在於他的女人以「吵架為婚姻的目的」。

●他的苦，在於連不回嘴，女人都要以為他是不愛她了。所以他只有拚命回吵，證明自己對妻子的——看——重。

◉小男童一

●谷音、老古的愛情結晶。四、五歲的人了，老是在吃奶瓶。奶瓶中被谷音放了白水。

● 他的表情是「吸吮」而不是身體上的飢餓。谷音忙，粗養他。（瘦瘦小童）

◉ 小男童二

● 樓下小夫妻的孩子。

● 夫妻一開始吵架，就會被做妻子的往地板上一擱。小童於是意識到，「爸爸媽媽又要開始一天的生活了。」於是他放心的——哭。

● 他的父母不吵架時，他會害怕得哭都不敢哭。（胖胖小童）

◉ 玉蘭

● 出場時十九歲左右，瘦瘦的，營養不好。鄉村裡被賣到城裡來做丫頭的女人。

● 對於她的際遇，她沒有任何抱怨或反抗。她是一種凡事都認命的人。

●或說，一種對於本身所承受的一切，都以「逆來順受」這種「韌性中國人生觀」，來對待生活的人。（韶華小說筆下的人物）

◉春望

●出場時二十六、七歲。

●識字不多，但是有理想，有膽識，有承擔。

●對於他的妻子玉蘭，有著一份鄉下人固執的承擔。

●但是他出身農家，卻去了上海做工人，並不是完全不懂得國家、民族這種大使命的人。

●他對他的國家、妻子、母親，全是中國戲文中標準的「忠孝節義」。春望娶了玉蘭為妻，交給鄉下的母親，請她們相依為命之後，自己跑去打游擊去了。等到抗日戰爭結束之後，春望很安然的明白，他對國家的「忠心之夢」已經達到了，就回到玉蘭的身邊來。國共內戰時候，春望又去參戰了。

●兩者之間——救國——家庭——沒有矛盾。（是韶華小說裡的人物）

註：此劇為「戲套戲」。其中玉蘭、春望部分請讀者幻想為「舞台劇形式」，對白可用江蘇浦東地區語言。能才與韶華講一般普通語（國語）。

樓高日盡。

◉第一場（字幕同時緩緩拉出）（此場全在字幕中出現，算做不刻意的交代）

●**時**：（日）下午，灰暗的陰天。

●**景**：韶華父親和二媽所住的家中，內外。

●**人**：小健（韶華初戀男友）、韶華、韶華父親家中大門口的「門房」、韶華父親、眾僕人。

鏡頭照著一座大宅第的高景。除了大房子之外，尚能清楚看見，是一幢有著巨大鐵門，高牆，鐵門旁邊又有一個小門出入的「進出口」。一般時候，只有汽車開進來時，正式大門方才打開。如果來訪的客人是沒有車子來的，就在小邊門先投上「名片」交給門房，送了進去。被接受的訪客，就由邊門被門房引導進入大房子中去。

這幢西洋式的兩層樓房，是有車道的。車子由大門右方開進來，正房處下車，再可由左邊開出去。鏡頭由高景，拉到房子，拉到二樓的一個窗口以及可以連接房子樓下院落的進口大門處。（字幕繼續拉出）窗戶是玻璃的，可是由裡面被「木板條」封死了，有縫隙的地方，一雙急迫張望外界的大眼睛，拚命在那有限的小木板條縫裡，往外搜索著動靜。窗外，一個青年人的身影（以窗口二樓那雙女人的主觀眼中望去），那青年人脫下了帽子，（不是有邊的華貴男帽，而是一頂當時大學生常用的軟邊帽），向門房卑微的在打聽一個人，請求見面的樣子。顯然的，門房受到過警

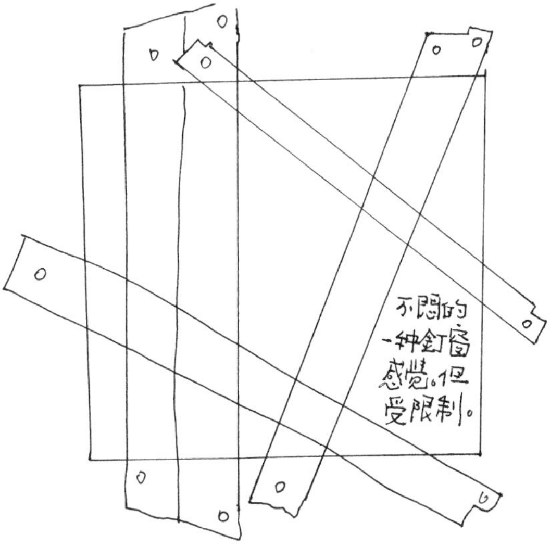

告——這個人出現的時候——「拒絕他」。

室內的那雙渴望的眼神，突然浮出了失落的悲傷。女人——韶華，剛剛因為強求與男友結婚，而被父親關了起來的事實，在自由與愛情的失落上（但她尚並不灰心，徹底的）。（此時留聲機放出巨大的「一八一二」的音樂，好大聲的放，震破屋頂的放法）

（字幕）

同樣的青年，被拒絕之後又爬牆進去了，門房正在掃地，突然看見了——被關起來小姐的男友居然再闖進來——以這種方式。丟下掃把。衝向入侵者，兩人拉扯起來，一個向內衝，一個把他向外拖。青年人拾起地上的碎石，朝韶華被關的二樓窗口丟去，嘩！玻璃破了。狂叫起來（還在跟門房纏打的同時），

△**小健：**（劃破黃昏大氣的狂喊）韶——華——韶——華，

△**韶華：**（拍打被封在玻璃窗內的木條，試著扳開那釘得死死的枷鎖）小健——

此時房內又出來了僕人，男的，兩人架住又叫又掙扎的小健，由小門硬推了出去。小健跌在街上，爬起來，上去踢門，不停的踢。

屋內的韶華，在墨水瓶中把食指、中指全浸了下去，不夠，又拉下了床單，浸在墨水中，在牆上氣憤、傷心、發洩的亂塗，慢慢的寫下：一九四三年二月十一日，再見。

（再由二樓窗口高度用鏡頭？）（字幕繼續拉下去）

韶華家中的大鐵門打開了，汽車開進去，那一霎間，守在街角躲著的小健，乘機再衝進去，要往房內衝，門房指著小健叫。車上人也同時下來了。因為門房高叫，引出來了一批僕人，要上來打。車中下來了韶華父親模糊的身影（此時由二樓板縫中韶華主觀鏡頭在觀看）。

韶華父親沉聲怒喝，向小健。

△**韶華父親**：滾——再來把你斃了——。

小健冷不防啪一下打了韶華父親一拳。

△**小健**：你——殘忍——把女兒放出來！（叫）（兇）

僕人看見老爺居然吃了青年的推打，群湧上來將小健又拖又拉又打的在地上拖向門口。鐵門立即關上了。

△**小健**：（哭腔、憤怒，做手勢向房子打）（再叫）別看不起人——我發財了——再來搶你女兒——等——著——。

二樓窗內的韶華，沒有再去扳木板，也不再叫喊，木板縫中的她，雙手舉到眼睛下面，拳握。突然跑向房間的門，撞翻了地上放著的一個食盆，她搖門柄——同時——（字幕繼續拉）

△**韶華**：（講話般的慢，不是叫喊的）放——我——出——去——放——我——放——我——。

門外沒有反應，一片突然的死寂，韶華又拍了幾下。不叫——靜聽——聽了又聽。韶華倒翻了整瓶墨水在桌上，把手打上墨水上，拍向牆——再用手指亂沾墨水。時間過去了不知多久。牆上寫滿了——一九四三？月？日

一九四三？月？日

一九四三年？月？日，再見。

又寫，重疊了字——再見。再見。再見。再見。

一九四三年？月？日，再見。？年？月？日（字幕、字幕）

韶華坐下了床沿，翻八仙桌下的小抽屜，倒出亂七八糟的雜物來，找出刀片（銹的），拉起衣服，對著大腿上——刷——劃了一刀——再看了一秒鐘大腿——慢慢拉上袖子——刷一下，劃了上手臂（左手）——三下，深的，橫的，不夠，再在三道間劃了道一直的——韶華手腕在鏡頭下出現——（刀片下去時並不拍攝）（配樂，是一種反效果的寧靜、安詳。）

韶華將「手腕」抵在牆上，慢慢繞室走——拖出一道長長的血痕——印在牆上——三分之一的牆上。（字幕又現）

註：韶華房中的床，是一張寬床，不是有頂的中國床，是四周「沒有依

靠的床」。有一張八仙桌，沒有檯布（不是書桌），就放在床邊，桌在窗口左半邊的位置。地面是長條老式木板地面。床對面有一個衣櫃，櫃上的穿衣鏡早已裂了。有洗臉盆，放在一個牆角的小木茶几上。床上被褥，在小健來的第一次，第二次，都是相同的花色，中國洋紅色。

韶華沒有穿鞋子（請鏡頭輕輕帶過。以後戲中韶華鞋子越來越高）。另一面牆邊，有著小書架，放著幾十本書籍，不多。（字幕）

韶華穿得邋遢，披著灰藍色的對襟毛衣。洋學生式的「中國洋裝」。

窗子

洗臉盆，有小茶几放置在上面

桌

床　被

衣櫃

書架

食盆　放地上

門

封住的窗戶

◉第二場

●**時**：日（夏季）。

●**景**：韶華父親家中室內。

●**人**：韶華、送食物的老媽子。

韶華的窗口有風吹進來，玻璃早被小健打破了，在第二次來救她的時候，木板封條還在。風吹起了韶華攤在桌上的稿紙，一起一伏的，有些寫滿了字，

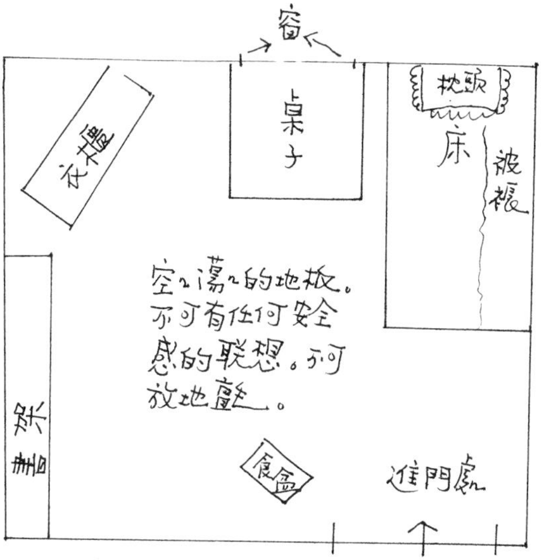

有一疊尚是白的。

韶華坐在床沿，對著桌子上的稿紙，正在濾稿。同時，有人進來，在桌上放下了一碗食物，收去了洗臉盆，又有門被鎖上的聲音——叮啦——再將房間鎖住。

韶華對於被關閉這回事情的掙扎，已經成為過去，「不看那房間內牆的四周，已在她長久禁錮的歲月裡，被塗滿了代表一切心情的字跡。」

韶華穿著一件灰白色的夏天衣裳，仍是女學生味道的短髮，正在床沿，對著紙，無意識的前後輕輕搖晃，搖晃，搖晃——右手的鋼筆戳在左肩手臂上，輕輕的戳，輕輕的戳——衣袖上化開了一片墨水漬，韶華不知不覺。

那扇被常年鎖著的房門，又被打開了，沒有人將它立即再鎖起來。老女傭人對那不知不覺專心寫稿的韶華。

△**阿樂**：小姐，快下樓吧，可以下去了，老爺快要死了。（輕輕又急迫的說）

△**韶華**：下樓（不屑的樣子）？誰說我要下去的？

△**阿樂**：老爺要死了，妳去看看他。（以下韶華、阿樂同話）

△**韶華、阿樂**：（交雜對話）阿樂，妳死了沒有——小姐，不要嚇我——來來——妳看——（韶華跑去放起留聲機來，快速的）——妳看——（完全與情況相反的浪漫音樂來了）——老爺在這裡面——（指指桌上的稿紙）——小姐，不要嚇死我——真的（音樂）——他把玉蘭給買了回家——（阿樂被韶華的舉止鎮住了）——老爺看見玉蘭小姑娘很好玩——就對她說——妳聽，阿樂——（完全浪漫的音樂）——老爺說——我壞了妳（手在阿樂身上肩上亂摸），我壞了妳——我壞了妳壞了妳壞了妳（開始摸阿樂的胸部，剝她衣服）。（音樂仍在流）小姐，不要嚇我——阿樂哀叫起來。（韶華身影向阿樂逼過去——）

◉第三場

●**時**：日。

●**景**：玉蘭老爺家後門口，以及玉蘭老爺家中。

●人：玉蘭、將玉蘭帶去賣給大戶人家的人口販子、老爺和五、七個祭祖的家人。

玉蘭穿著短花布襖，寬褲腳黑褲，梳辮子，手中提著一個「小包包」，走站在一家人的弄堂房子的後門。人口販子先進去了三秒鍾，玉蘭看見牆上貼著一張已被歲月洗刷過的標語「建立大東亞共榮圈」在風裡掀起了下角——飄飄伏伏。人口販子將玉蘭招手叫了進去。有眾人，在前面上海弄堂特有的小天井中，穿著清朝時代的官服，祭祖。（故意時空錯亂，清代出來）

玉蘭一時沒有人理會她，將她放在樓梯後，幽暗的下人房中去。老爺無意間走過，看見了新來的丫頭玉蘭。老爺胖寬的身影，向玉蘭——一個驚惶不解的女孩子，慢慢罩下去。（鏡頭下，一只彩色泥老虎啪一下，落在地上碎了）

畫面同時O．S：旁白（韶華的聲音）這張標語玉蘭看不懂，一個字也不懂。上海已經成了孤島，這對她來說，又有什麼不同呢？一個連身體都被賣掉了的人，她的前途已經不是她的關心了。

玉蘭被賣進去的人家，是清朝時代做官的老式家庭，即使時代不同了，逢年過節，還是穿上祖宗留下來的官服，拜天祭祖。

玉蘭剛剛進了這個人家，就讓老爺給壞了。

望斷天涯路。

◉ 第四場

● **時**：日。

● **景**：上海街上。

● **人**：韶華、兩個黃包車夫、街上路人。

韶華坐在一輛黃包車上，腳下放著搬家時所必須的「被褥包包」，一口小小的衣箱，留聲機。神色透露出一份孤單中假裝的堅強。韶華靠在黃包車上，用腳優雅的踏著那些綁好的被褥包，手裡抱著一只白色荷葉邊的小枕頭。韶華穿半高跟皮鞋。

韶華走出了那囚禁她的家庭。她的黃包車在後面拉，緊跟著另一輛在前面跑的黃包車。前一輛車上，放著紮好了的書籍、稿件、臉盆，以及三個放雜物的盒子與網籃。一架不襯她行李的豪華喇叭形留聲機引人注目。

韶華沒有太多面對未來的恐懼。但她終於是「孤孤單單一個人——在這茫茫苦海中」的意識，仍是令她孤單到接近茫然。（音樂不強調任何心情，茫茫然的、散散的）

演員提示：車上的韶華，注視著的不是街景，「她看進了一個空茫的遠方。」

第五場

● **時**：日，秋末了。
● **景**：韶華新家外面，大街與弄堂。
● **人**：司機，三、五個小孩。

一位顯然是司機的男子，在大街上，梧桐樹下停好了汽車。往弄堂中走進來。

弄堂中的小孩，看見汽車來了，奔了跑去，快樂的叫喊。

△**小孩子們**：汽車——汽車——

韶華租來的房子全幢圖。韶華只住樓上一間而已，不是整幢。

弄堂

汽車停在這兒，梧桐樹下。

◉第六場

- **時**：日，秋末了，梧桐樹沒有葉子。
- **景**：韶華租來的樓房小間，大家合住著的。
- **人**：韶華、老太太、小夫妻、司機。

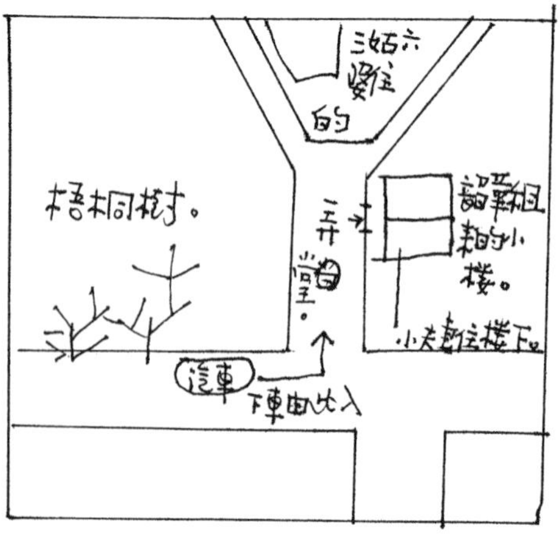

那位司機在進入樓房小小幾步的園子時，看見了樓下一對小夫妻，以及一個老太太。

這時司機已經開口了，手上拿著一個中型信封。

△**司機**：請問——這裡住著一位沈韶華小姐嗎？

△**小妻子**：小姐我們這樓下是沒有的，你去看看那個樓上的，倒是小姐派頭——。

△**老太太**：（來插嘴）真好派頭，一來就把那個留聲機開得好大聲啊——。

送信的司機上了樓，樓下眾鄰居張口呆呆的目送。

門開了，韶華一臉的茫然。

△**韶華**：找我!?——

韶華接過信封，看見明明自己的名字寫在上面，就接下了。

門沒有被關上，韶華隨手把信一擱，抱了個枕頭出來，伸手一掏，掏出來一只金戒指，對司機說——

△**韶華**：謝謝你！

金戒指被韶華當成了賞錢交到司機手中，她將房門碰一下又關上了。韶華當時神情十分心不在焉，也不知應對。（韶華心愛物都在枕頭中放著）

註：此場可能引起爭議，事實上這種拿金戒指付小帳的事情，在本劇原作者身上發生過。可見存在。不必爭論。當時她身上只有兩個戒指。

◉第七場

●**時**：日。

●**景**：老爺家的天井。

●**人**：玉蘭、老爺的太太。

O・S（旁白）・（韶華聲音）：玉蘭被老爺強暴以後，有了他的孩子，老爺哪裡會管她呢。

太太看出玉蘭懷了身孕的時候，都已經快五個月了。玉蘭在天井裡撐著腰酸，洗衣服。太太走上前去，趁玉蘭不防，扳住玉蘭的肩，正面朝她小腹踢上去。玉蘭當然是逆來順受的，她痛得縮了起來，往地上慢慢，慢慢蹲了下去——。雨——，開始一滴一滴落了下來，落在沒有任何保護的女子——玉蘭的身上。

來時陌上初熏。

◉第八場

●**時**：日（下雨的午後）。

●**景**：韶華家門外弄堂以及進門處。

●**人**：司機、小夫妻、小孩子（三歲）、章能才出場。

雨，下在汽車的頂上，車子開到弄堂口，停了。跟司機坐在一起的能才，下車。司機將位子下的手槍摸了出來。

△**司機**：（安靜的）部長，這個，帶著？

△**能才**：不必了。

傘下的能才，一步一步沉穩的走向韶華住著的小樓。那個步子，不疾不徐，踏出相當安穩的自信來。（能才面容不正拍，只拍身影）

住在韶華樓下的小妻子，手裡拿了一把尺，向她的男人舉起來，作狀要打他。喊。

△**小妻子**：昨晚你又去了哪裡？

能才將樓下門一推（一般共住戶白日不關門）。小妻子好似看見了天人一般。立即反應到——此人是樓上沈小姐的客人，也不再問了。

△**小妻子**：（熱心的往樓上喊去）沈小姐，這裡一位先生來看妳——。

能才自收了傘，大方的往樓梯邊一擱。踏上了第一格樓梯——沈韶華的房間開了。（此時能才未被拍到正面）

◉第九場

●**時**：日，雨的下午。

●**景**：韶華家樓梯以及樓下。

●**人**：韶華、小妻子、能才。

門開了，在一個寂靜落雨的星期六，韶華聽見樓下叫喚時，正在房中用頭抵著玻璃，望著窗外的雨水發楞。

門開了，她看見一個並不認識的中年男子，一腳踏在樓梯上，停了步子，仰望著樓上門框中出現的她——沈韶華。看見了這陌生人的一霎間，韶華內心被什麼奇異的東西，輕輕衝擊，他們的目光，正好碰到了。

△**能才**：沈小姐？

能才這三字說出來時，韶華好似進入了一種幻境（音樂請製造效果）。能才不過輕輕含笑的說了一個稱呼而已。（音樂早已悄悄進來了）

△**韶華**：我是。

小妻子快速的順手推開了樓下一間房門。向韶華輕喊。

△**小妻子**：來，借用房東太太的客廳——。

又做了一個手勢，請能才不上樓去。

△**能才**：沈小姐想來收到了我的信，是請人專誠送來的。

（音樂——請在能才拜訪韶華，兩人在樓梯上「初見心驚」時，一定給予協助。）

韶華突然聯想到那封信，一摸太陽穴，又快速消失到房間裡去。再出來時韶華手中方才一面拆信一面讀一面下樓時，又摸了一下頭髮。擦了一支火柴，點火，再熄掉，用火柴的黑頭——畫了眉毛。

◉第十場

● **時**：日。

● **景**：韶華房東太太的客廳。

● **人**：能才、韶華。

能才已經被韶華的樓下鄰居請了進客廳，但他不敢坐下來。而韶華方才下樓，能才背著門雙手放在大衣口袋中，韶華手中捏著信封，信紙，明顯看出是剛剛才拆開的，站在客廳進門處，能才正在轉身——。

△**韶華**：章——先——生。（接近含笑，顯然信的內容是她喜歡的。）

△**能才**：妳——的——讀——者。（音樂偷偷進來了）

這句話說出來，兩人都笑了，能才的笑容裡，竟然有著一絲中年人「被釋放出年紀時」的羞澀。

這時，初見的兩個人幾乎被彼此的目光所驚嚇，能才不敢逼視韶華，韶華又何嘗再敢直視能才。

韶華坐在一張沙發上，能才坐在另一張她手臂邊的沙發上（兩人不是對面坐），都是單人的老式沙發。能才沒有脫大衣，他不自在。

△**韶華**：章先生來，有事嗎？（能才不自在，韶華倒穩住了。）

能才手中握著的帽子，開始被他慢慢沿著帽邊輕輕轉了起來，他沒有能再舉目看韶華。他看帽子。

△**能才**：事情倒是沒有——（停了一秒）看了沈小姐發表的一篇文章——（停了一秒）老是忘不掉——。

能才發現韶華當著他的面，含笑又在「展讀」他那封毛筆字寫在白色棉紙上的信時，接近含羞的把臉斜了一下。

△**能才**：深夜裡寫的信，居然寫給了一位不認識的作家，我自己都不明白。（能才必須表現拘謹和心事，以及他自身也不明白的心靈震動，當他初見韶華時。）

韶華此時比能才穩得住了，把信往胸口上一抱，含笑看著能才。身體這才放鬆，靠到沙發上去。

△**韶華**：（展開信紙向能才）寫出這一筆漂亮毛筆字的人，倒是可以認識認識。（笑。能才不知說什麼，內心充滿喜悅）也許是為著自己流露出太多內心的情緒，能才引進了接近空洞的話題。

△**能才**：我又跟自己說，這位作家的文章好大方的。如果沒有那種出生背景，寫不出來同樣氣質的東西——掩飾。

說著說著，能才小心的掏出一枚金戒指來。用食指和拇指握住，向韶華亮了一下。（接著上面的話，在舉動中並沒有停下來。）

△**能才**：用這種東西，打發小帳，也未免太大手筆了吧。

韶華也沒有去接，能才將戒指輕輕擱在兩人身邊的小茶几上。韶華這才不好意思的笑了起來。

△**韶華**：我這個人，對錢沒有觀念。

△**能才**：其實（能才又講空洞的話），妳老太爺我聽說過的，美孚公司江南五省的代理——

韶華沒給能才說完，搶了一句。諷刺式的也尊稱自己父親。

△**韶華**：我老——太——爺——死了。我二媽把我給丟了，我跟我的家庭，一點關係都沒有。

說著說著，把那只戒指在手上脫脫戴戴的，講起她的家庭，韶華突然不自覺的咬指甲，又立即意識到這動作的不雅，又放下了，臉上神色有些決裂的堅強又摻雜著黯然。能才在這幾秒鐘裡都看在眼裡。出於真誠的想去拍拍韶華，卻自持住了。

△**能才**：一個人的日子，怎麼樣？

韶華是個要強的人，不會在人前流露出軟弱。沒有事情似的又恢復了沒事的樣子。

△**韶華**：很好呀！寫寫稿。

能才看了韶華一眼，看見她那種放煙霧彈的樣子，心裡起了疼惜和感傷。

△**能才**：那麼，過幾天，我可以再來嗎？

△**韶華**：可以呀！那麼，我現在可以上樓了嗎？

△**能才**：（疼愛的笑）看，這裡有一個東西給妳。（掏出一只泥塑小老虎來）

△**韶華**：（驚）這是我小時候媽媽給過的玩具，你怎麼知道？

△**能才**：妳文章裡提過。

韶華，握住小老虎玩具，眼睛濕起來了。

◉第十一場

● 時：晚上。

● 景：韶華房間。

● 人：韶華。

當天晚上，因為能才的來訪，使得韶華那年紀輕輕孤寂的心靈，起了不同的波瀾。韶華意識到了一種新的生活，新的仰慕，新的肯定，以及一個新的自己在眼前展現的時候——

——韶華看見一個容光煥發的自己，在鏡子裡以一種有了光，有了熱的眼神探索著鏡外人未來的世界。（以上演員心境提示）

撫過了白色有著流蘇的桌布。（空花織的）韶華順手推開了夜色茫茫中的「窗」。

（音樂此時請在這一場流入，引出心情的轉化。）

◉第十二場

●時：黃昏，晴朗黃昏，夏季。

●景：玉蘭老爺家中。

●人：玉蘭、春望。

（玉蘭心情也轉了，音樂請流入）（特別是春望說：「對不起！」時。）

玉蘭在推「窗」，手裡拿著一塊抹布。窗外對樓屋頂平台上，一個傻乎乎的英俊小夥子正在專心擦澡。一盆洗澡水放在一張凳子上。那小子只穿了一條長的內褲（格子布的），拿了一條破毛巾像漫畫人物一般左手扒一邊，右手扒一邊毛巾，在擦背——突然，看見對面窗口一個紮辮子，鄉土氣息的女孩子在呆看他的動作，嚇了一大跳。

小夥子連忙把不太大的洗臉尺寸毛巾一放，平遮在胸口，想想不對，趕快轉過身去，又想想——背上也沒有衣服，急死了——又轉回來——用毛巾遮在臉上——又羞死了——把毛巾放下一點——驚驚惶惶，又羞又急的喊。

△**春望**：對不起！

王蘭這方才知覺了，把手在自己臉上向那小夥子一揮，也羞得笑了起來——。

◉第十三場

●**時**：日。

●**景**：電車裡。

●**人**：韶華、路人若干。

韶華是不大出門的，主要也是她沒有地方可去，也不喜歡跟太多人來往。她的朋友，在上海的，除了出版社、雜誌社的編輯谷音之外，可以說沒有別人了。

韶華坐在電車裡，不放心的張望著街景和站牌。韶華身上放著一個網籃。

電車發出噹——噹——噹——的聲音，有路人在等車。

韶華衣著灰藍，著不透明長筒線襪，整個感覺是孤單而寒冷的。但她臉上的表情已跟第四場時不相同。「她的目光是有著目標性的——她看站牌。」

有情風
萬里捲潮來。

◉第十四場

●時：日，秋末冬初。

●景：出版社兼雜誌社。

●人：韶華、谷音、老古、小孩子。

（室內景）韶華坐在谷音身邊的椅子上，谷音與丈夫老古的大書桌是對面對拼著放的。這一間辦公室裡只他們夫妻兩個，有一個走廊在房間後面，走廊上是谷音做飯的區域。辦公室放著兩盞檯燈，夫妻各一盞。同時共有一個筆筒，一大堆亂七八糟的稿紙、印書大樣、算盤、漿糊、煙灰缸、印泥盒、字典、茶杯……這些文人的東西。這些「工作進行中」的東西，「這可是屬於谷音這張辦公桌的。」老古那張桌子上，乾乾淨淨，除了煙灰缸之外，老古的桌子清湯掛麵似的。

韶華將網籃中（鏡頭不經心的帶過一同放著一瓶油、兩隻鹹鴨蛋、一包米、一條火柴盒十包裝的。）的稿件，用章能才寫信給她的牛皮紙信封裝了，很自然的拿出來。谷音先是看到了韶華那麼薄弱生活食品的下一秒鍾，看見了上面寫著「沈韶華小姐芳展」，下面署名「章緘」的毛筆字封套。

△谷音：噯，以後妳這柴米油鹽叫我做好了，妳小姐呀——只管寫文章。交了呀？

谷音將稿件在說話的同時，抽了出來，把那信封往桌上紙堆中一塞，防了一眼她的丈夫老古，不吭氣。

老古哪裡看谷音和韶華呢？老古深醉在一本流行小說裡，半掩著臉，臉上一本《月下老人秘幕》。

△**韶華**：短的。（看著那薄薄的七、八張稿紙）

△**谷音**：妳不是要錢嗎？（停了翻看交來的稿）

△**韶華**：長的也有，加——稿——費。（聲音裡有著笑）

△**谷音**：咦，好朋友講這個做什麼嘛！不看我們一家三口房租都省下了，擠在出版社裡——（未講完）

△**韶華**：我還是要加！

△**谷音**：那妳長的文章拿來呀！

△**韶華**：好。不過那個男人還在屋頂上洗澡。

△**老古**：誰在屋頂上洗澡!?（突然聽到了上一句，吃了一嚇）

兩個女人笑得用手去揮了一下老古，韶華心情看上去特別的精神。

△**谷音**：神經病！

韶華仍在笑著笑著的同時，谷音順手扒起一個大紅色還算新的熱水瓶，對韶華說——（用紅色水瓶襯韶華那一無所有的衣著和心靈）

△**谷音**：來——妳搬家，送妳一個熱水瓶——

△**韶華**：我還是要加。

△**谷音**：喜氣洋洋的——

△**韶華**：我還是要加。（快速連話）

△**谷音**：土裡土氣的——

△**韶華**：我還是要加。（快速連話）

△**谷音**：暖暖的——

△**韶華**：我還是要加。（同時都笑成搶話講了）

兩個女人，話夾在一起講，韶華的「我還是要加」一句一句插入谷音的話裡去，兩個人又笑又親愛的搶話，對於這加稿費的話題，倒成了不重要的內容。

△**谷音**：好，加妳這一大堆賣不出去的雜誌。讓我給妳提著——送妳回去——老古，管小孩子呀——。

谷音順手把熱水瓶塞到韶華懷裡去時，馬上彎腰在紮一大堆過期雜誌的同時，口中正說著好，加妳這一堆賣不出去的雜誌。韶華笑著接過熱水瓶的同時——

△**韶華**：壞蛋！（立即接上谷音那些提破雜誌的動作）

兩個女人已然丟下看書不做事的老古，丟下站在一個小方「孩子車」（四邊有欄杆的）內仍在吸奶瓶的五歲左右小男孩子，走了上街。

◉第十五場

●**時**：日，冬來了。

●**景**：接近韶華住家的街上。

●**人**：韶華、谷音、能才。

谷音等到快接近韶華的家了，才把摺在口袋中的那個中型信封（寫著「沈韶華小姐芳展」「章緘」）拿出來順手塞在韶華的外套口袋中。

△**谷音**：倒是來得快，妳的地址還是我給他的呢！見過面沒有？

△**韶華**：沒有。

△**谷音**：沒有也好。這種人呀——講好聽點嘛——是個文化——官——。

講難聽點（小聲又不屑）——漢奸嘛——。要不是老古跟他以前同學，打死也不賣他的帳——妳乾乾淨淨一個大小姐，犯不著蹚這趟渾水。

△**韶華**：他不是的。（這句話有了雙關意思，他不是我的來往。他不是漢奸。）

△**谷音**：唉，妳沒騙我吧？

△**韶華**：（笑著，抿嘴）（什麼漢奸不漢奸，韶華沒反應）

這時兩個女人都看見了能才，在韶華弄堂外的梧桐樹下踱方步。走了幾步，又轉身踱了開去，明顯的在等著韶華。當能才轉身時，谷音指指韶華，咬牙切齒的，但也笑了。韶華迎著谷音的「算帳臉」，笑著退——雙手連熱水瓶都放到背後去，不解釋——無聲的笑。

谷音輕輕作狀要整說謊的韶華，見那一隻手放在口袋中的章能才又轉向她們踱了回來。谷音一甩手，走了。走之前，把那一大疊雜誌往街上樹下碰一放，不幫韶華提下去。在能才踱方步時，他手裡拿著翻開的書，在看。能才酷愛閱讀。

◉第十六場

● **時**：黃昏將盡，已上燈了。

● **景**：韶華房間。

● **人**：韶華、能才、小夫妻。

那一大落雜誌被能才幫韶華提了上樓，韶華先不請能才坐，明晃晃的由網籃中拿出那兩隻誰也看得見的鹹鴨蛋朝能才在燈下笑舉——

△**韶華**：章先生在這裡吃飯？

能才在韶華向他展示食物的同時，把臉側了一下，好似在看小孩子扮家家酒，又邀他參加似的受到感動，眼中流露出明顯的親愛溫柔來。那頭一偏的動作，好似受到了韶華無形中的手，一片輕輕的愛撫。

△**能才**：我們出去吃吧！

△**韶華**：那你出去等一下。

能才突然邀請了韶華外出吃飯，韶華第一個動作就是低頭看了一下自己的衣服——淡色，沒有生命力似的樸質灰條——。

鏡中的韶華摸了一下頭髮，又掠了一下頭髮——抿一下嘴唇，好使她的唇看起來有些血色——此時，韶華穿上了一件舊舊的皮大衣，短的。

能才下樓，在樓下去等韶華，樓下小夫妻正在合搬一些沒有盒子裝的大疊印刷品，那丈夫背著搬，一撞撞到了能才，印刷品亂七八糟的滑下了手，一把夾在中間的手槍掉了出來。小妻子機警，立即坐到地上去蓋住手槍。很緊張的裝成沒事般。能才看到了，三人了然。能才施施然把手放在大衣口袋中，踱到大門邊去。他不說什麼。（此場配樂請製造效果）

◉第十七場

●時：夜。

●景：西餐廳。大上海豪華的夜生活場所。

●人：能才、韶華、領班、茶房、白俄小提琴手、衣帽間的女人。

當能才將帽子交給衣帽間的女人時，先沒有為自己脫大衣。他體貼而尊重的想為韶華脫下短大衣。韶華搶著自己快脫了，她把大衣捲起來交給衣帽間的代管人。那時，能才看見了韶華已換了一身藏藍的低領旗袍——那白色流蘇的披肩，不正是韶華桌上鋪著的空花檯布嗎？

在領班把韶華、能才帶了位子坐下來之前，能才不等領班為韶華拉椅子，搶著親自為韶華拉了，再輕輕的推了一寸。

有茶房很快的拿了一支燭火來，替能才這一桌上的蠟燭也點了起來。同時在能才的主觀眼中，燭火與玫瑰的桌上，韶華在能才的眼睛中反射著光芒。但是能才注視著韶華的眼神，又帶著另一種若有所思的「不可說」。

那條桌布摺成三角形的披肩，使得能才不忍看下去，目光移向韶華的臉。韶華有點不安，含笑，說——

△**韶華**：看什麼？（說時自己先臉紅了）

△**能才**：妳好看。

韶華悄悄把眼神放到自己的肩上去的時候，領班遞上來了菜單。韶華將菜單交給了能才——。

△**韶華**：章先生替我做主，不要點太多。

能才看菜單的時候，韶華輕輕站起來——。

△**韶華**：我去去就來。

當韶華由洗手間走回來時，能才剛剛點好菜，他自己面前一杯飯前酒，韶華的水杯裡，已經被倒滿了冰水。

當韶華走向那玫瑰與酒的桌子——加上燭光——時，一個白俄的小提琴手已經拉起了那首教任何女人在此情此景都要心碎的泰綺思——冥想曲。

THAIS（MASSENET）（請配樂不要拉得太古典，餐廳小提琴手那種有點濫情的詮釋此首曲調）

韶華身上的白色桌布不見了，手提包鼓了起來，在韶華的身後，好似踏著舞步而跟隨的小提琴手，一面拉一面接近能才與韶華的桌子。能才又為韶華拉椅子的同時，冥想曲快拉到第二十五秒鐘時的旋律了。在那第三十秒的旋律下，韶華沒有控制住她那依然「學生性濃」的過去，向小提琴手去欠了欠身體，有些失措。音樂入侵了韶華敏感的心，她聽、聽、聽、聽了，慢慢熱淚盈眶。她進入了自己內心世界的新愁舊恨，無以自拔。

能才塞了一張鈔票在那提琴手的褲子口袋裡，含笑謝了，小提琴手略略點了個頭，走到另外一邊桌子去拉，音樂仍在繼續下去——。

△**能才**：想什麼？（音樂仍在流續下去。）

△**韶華**：這重要嗎？——想——這頓飯要花你不少錢吧——。（韶華強打精神想改心境話題）

△**能才**：這重要嗎？（接近諷刺的）

音樂由遠處還是飄過來，那如泣如訴的弦音，強迫韶華進入了一種夢境，她——伸手拔出了瓶中的長梗鮮紅玫瑰花的同時，一面動作一面說——。

△**韶華**：記得小的時候，我還有媽媽，她帶我來過這裡——媽媽教我吃西菜——就坐在那邊靠窗的一桌——那一年——我——七——歲。

音樂仍在流著，遙遠了。韶華講起這段往事來時，淚眼中望著那張與媽媽坐過的空桌子——她的眼神如此遙遠，好像看過去了她的一生——。

（同時）不自覺的開始剝下玫瑰花瓣，一片、一片，落到自己面前。

能才輕輕的穩住了韶華的右手，把花和韶華的右手一起握起來。

△**能才**：韶華，我很早就一個人過日子，姑姑把我帶大的，姑姑前幾年就死了。姑丈是個日本人，一直在中國，去年他也走了。我這個差事就是他替我一步一步安排的。（能才講自己）

△**韶華**：你，太太，也是日本人嗎？

△**能才**：沒有。我們分手了。沒有小孩子倒也沒有太多痛苦。

△**韶華**：人家說，你是漢奸。

△能才：是，我也很痛苦。

△韶華：那——你殺過中國人沒有？

△能才：（苦笑）最厲害的漢奸都是不殺人的。最沒有用的漢奸也是不殺人的。

△韶華：哦，你賴了。

△能才：隨波逐浪的人，是不會有好結果的（能才明講了），韶華，妳沒有披肩，我沒有靈魂。（能才再次感傷）

◉第十八場

●時：日。

●景：日本人占領的上海，能才辦公大樓外。

●人：能才與同事三、五個。

人，在日本國旗下，過著忍辱偷生的日子。能才與一些同事，沒有派頭的，由辦公大樓中出來。

中國人，在日本旗下，以「國民黨」的「政府」（汪精衛政府自稱國民黨）名義下，不反抗，一樣柴、米、油、鹽，上班、下工、擠車、結婚、做壽、拜訪、吵架、打打小孩……。生——老——病——死。

中國人生活的畫面在日本旗下出現。

旗在畫面左方直懸。

人人人人、車、房子、街、活動。

旗子

註：在汪精衛政府下的上海，還是掛中華民國旗子的。但這一來，觀眾實在不明白（四十歲以下，或不看近代史的人），只有明掛日本旗。（戲呀！）

（此種表達太明顯，可否將日本旗用到玉蘭春望戲中去？）

◉第十九場

●時：下午。

●景：韶華家中樓下院中、小夫妻房間、弄堂口。

●人：能才、小夫妻兩人、十五、六歲小青年、小孩子（小夫妻的）、司機。

能才與司機同坐著，睡了過去，手上一本書仍握著。司機輕輕推能才。能才進入韶華樓下時，那對小夫妻坐在台階上好似在等什麼似的。小妻子打毛衣，丈夫在釘一個破椅子。能才一進來，明顯看見小丈夫向他身後一揚下巴，打了暗號。這時一個小青年，手舉過頭，一把扳回能才的肩，偷襲——。能才一退，也擋了小青年，那人還是不放過他。

△**小青年**：打死你這個漢奸。

小青年鋤頭揮過來，木頭柄跟鐵頭部份分了家，飛出去了。當然沒有打到。小青年逃了。

能才遇襲也不追，慢慢推開了樓下小夫婦的房間，這時兩人都躲進去了。能才走進他們家，沉潛的，苦笑。

△**能才**：殺了我這種人，就能——救國嗎？（能才苦澀的笑）

△**小妻子**：這種話，你對我們說什麼？

△**能才**：（點了煙，吸一口，按熄）（口氣兇嚴起來）你們不必在我面前演戲了。

△**能才**：——我再也不要看見妳——。（拿起桌上的水果刀）來吧，往這裡戳呀，省得我自己動手。（嘆氣）我還怕痛呢。

能才掏出一疊錢來，放在桌上。神色又由上面的「威」轉成「感傷」。

△**能才**：給孩子買些吃的，大家日子都不好過。（口氣已轉了，生命感傷再現）將來我不在的時候，請照顧樓上沈小姐。

推枕惘然不見。

◉第二十場

●時：夜。

●景：韶華室內、樓下。

●人：韶華、能才、小夫妻。

樓下小夫妻靜靜的在搬家。韶華跟能才從二樓窗口看。

△**韶華**：要是上次他們把你打死了，我也不活了。

△**能才**：這個妳可要有心理準備，我是隨時會消失的——。（能才的表情始終無力感極深）

△**韶華**：說什麼？會死的？那你來做什麼？

△**能才**：（傷感）（去拉韶華）妳這傻瓜。（把韶華引向他帶來的禮物）來看，好多東西給妳哦。

韶華嘆口氣，不說了。對於禮物，韶華並沒有表現出太多歡喜。

那時韶華穿著一件質地中上的暗深藍低領旗袍，坐在桌子前唯一的椅子上（平時她喜歡坐在床沿，床沿邊也就是桌子了）。韶華對著能才帶來的禮物，從從容容的看著能才。能才替她拆開——一個收音機——一本字典——一支作家定會喜愛的——筆——。（畫面）

韶華對著字典一拍，這才笑得歡喜，把臉去貼了一下。好似小孩子一般。那支筆，韶華將它舉在燈下看，再去能才唇上輕輕用筆打了一下——愛的——這時。能才繞到她身後去——一條五彩花綢帶流蘇的「貨真價實的披肩」被能才的雙手一同由背後擁上來。韶華被包裹在她的缺乏裡，她沒有披肩，物質上的。她沒有人愛，心靈上的。能才在這一霎間，成就了韶華小小的，小小的悵然。（色彩）

韶華被輕抱時，神色從容、接受，又安然、快樂。（四周襯著生命豐富的物質象徵）

△**能才：韶華——**

△**韶華**：嗯——

△**能才**：還有一樣東西，不好意思交給妳，我放在洗手間水箱上——妳去——。

韶華接受了能才，在心理上。也有這份「大方」，在物質上同步接受。當她聽見——在洗手間——這句話時，反手親愛的打了一下能才，站起來就往洗手間走——去看是什麼東西——她推開了房間——不關——向外走去——

這已經被能才插上了的新收音機，被能才一開，轉出了播音員的聲音——

（能才聽著，臉色不好）

O．S．（女聲）：

這裡是大東亞共榮圈，大本營報導：

各位聽眾，滿洲國是「大東亞共榮圈」建立最早、根基最深的聖戰基地。滿洲府是一個充滿希望的新國家。為了支持正在進行中的「大東亞聖戰」，我們要再度在政治、軍事、警憲、紳商、交通、農民、工人、蒙旗等部門中，推行更為積極的整備觀念。

我們要強化基層單位，扶植政府機關，準備軍事力量，擴大宣傳，加強經濟生產。工作重心在於動員全體民眾，策應軍、警方向，推展戰鬥精神，檢舉一切反政府份子……。

註：請以無血、無肉、無表情的聲音念出。再接：好，現在為您播放一首時代歌曲——我美麗的香格里拉——導演請做主，在何時可刪上面播音稿。當時「太平洋戰爭」已全面展開，日本人稱之為「大東亞聖戰」。東北滿洲國建於一九三一——一九四五年。（此段時局內容因已由上海改至東北拍戲，請用上段文字，內容不再改。無妨）

（戲。）

能才突然在這種時刻又聽到了時局，時局，他感傷了——

O．S．（女聲）：好，現在為您播放一首時代歌曲——

O．S．（歌聲）：「這美麗的——香——格——里——拉」

韶華又在房間口出現，身上披著「醉生夢死花色」的絲綢披肩，在走廊上時也聽見了收音機的音樂——韶華一步走進來，把右肩向前一傾，輕拉一下旗袍的下襬，意識上露出了小腿——展示能才給她的玻璃絲襪——（這之前，韶華穿長線襪，不透明的）——韶華從從容容起來，笑——。

能才根本已經跟著收音機唱了起來，伸開雙手，迎向韶華——

△能才：我深——深——地——愛——上——了——她（跟收音機一起唱——）（不管明天、不想未來的感傷在唱）

韶華右腿踏一步，右手直伸，左手掌心向自己放在心的前面，也在輕唱下一句——

△**韶華**：我深深地愛上了她——愛上了她——

△**能才**：我深深地愛上了她——愛上了她——（同時）

兩個人跨了三步，輕輕擁抱，隨著音樂跳起舞來，轉一個圓圈，能才將韶華一抱，攔腰一抱，韶華趺坐在他的膝蓋上去。收音機又在報了——

O．S．（女聲）：這裡是大東亞共榮圈，大本營報導，這裡是大本營報導——

韶華啪一下扭掉了收音機，就坐在能才的膝蓋上，順手拿起一個水果和水果刀來——

△**韶華**：其實，我這些年來也一直想死，如果炸彈炸死我，倒好了。

△**能才**：不死，不可以死。（靜靜的說）

△**韶華**：好。不死不死，要死死在一塊，來，來吃生梨。

韶華此時仍坐在能才膝上，拿起一只水梨和水果刀來——

△**韶華**：好。我們來吃——生梨。（嘆了口氣）

韶華和能才都是知識分子，對於文字的敏感度不同一般人。那句「吃生梨」是韶華故意說的，她很明白，她與能才的情感，另有一種巨大的力量在左右著——「時代」，這是她沒有能力去掌握的事情。能才替偽政府做事，要到哪一天呢？當戰爭結束了，能才會不會不受制裁？他們分不分離？生梨——生離——死——別。生離——生梨——生離——生梨——好——我們來吃——它。

韶華削生梨好快，削成了一種決心似的。削好，也不給能才吃，也不切，看看手指上有水果汁，不知要去擦在那裡，因為能才由後面抱住她——她想把手指放到口裡去吸——

能才已拿起了桌上一杯豔紅如血的紅葡萄酒——

韶華誤會了，開始咯咯咯咯的笑——

△**韶華**：我不喝酒的，你試試看——

△**能才**：噓——（能才貼在韶華臉上了）

能才將韶華的手，慢慢打開，那聲噓字還在。能才用酒，溫柔的替韶華洗手（豔紅色的酒花如血般在洗韶華的手）——噓——能才將韶華的手拉近時，韶華慢慢轉身向著能才——能才輕吻韶華的濕手，——韶華的手摸上了能才的臉——韶華眼中——春光蕩漾——韶華的下巴，被托了起來——韶華做夢般輕說——能才輕輕說——（同時）（韶華先一秒鐘）

△**韶華**：能才。

△**能才**：小傻瓜。

披肩不再是韶華的保護了，披肩落在地上。燈被拉熄。

黑暗中，一支煙被點起來。能才躺在床外沿，韶華在內。那時，窗外已透出一點點微光——晨曦要來了的拂曉時分。能才吸煙，韶華失了懷抱，一下子沒有了安全感。撲了上去。

△**韶華**：能才，你愛不愛我——愛不愛我——（急迫的女性口氣求取保證）

△**能才**：（沉默了一下）當然，當然。噓——睡一下——我在——我在——我在——（拍起韶華來）

佈景請注意：

韶華是處女。她的棉被是一種淺藍色小花，加白邊的。中國被。床是有頂，有安全感，有簾子可放下的老床。

小花被面

白邊。

◉第二十一場

● **時**：早晨。

● **景**：韶華房中。

● **人**：韶華。

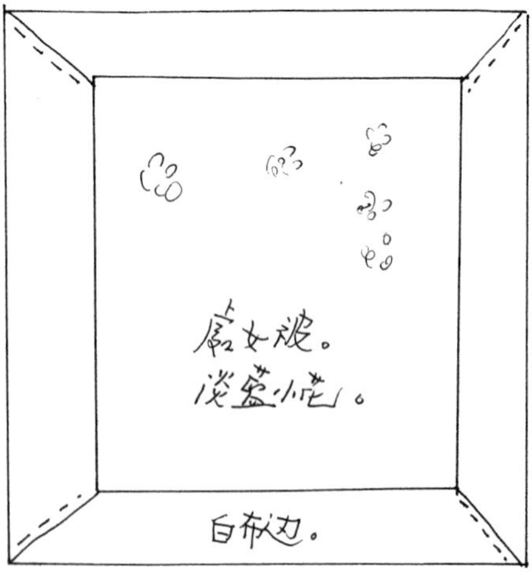

（在第二十場中）韶華因為能才拍她，在她身邊，方才安然睡去。醒來——人去樓空，恍如一夢。

韶華摸摸身邊，發覺屋內只有——她。

是一個人，昨日的空酒杯裡，插了一隻「青菜」。

韶華慢慢坐起身來，拾起床沿落下的一只玻璃絲襪。一副鬆緊帶（紮絲襪用的）在絲襪旁邊的地板上。披肩在地板上——

韶華慢慢舉起絲襪，把一隻手伸到襪子裡去，張開，迎光拉開——玻璃絲襪破了——。

韶華平平靜靜的把她的「處女膜」象徵摺摺好，把絲襪當心的放入她那白荷葉邊的枕頭裡去。

◉第二十二場

●時：日。

●**景**：防空洞內外。

●**人**：玉蘭、春望、人群。

玉蘭在跑空襲，有拉警報的聲音跟著大批奔跑的人群——嗚——嗚——嗚——大家向防空洞擠呀——飛機聲——低飛——玉蘭擠到了春望的身邊。

澎！炸彈來了。澎！澎！

玉蘭發覺在春望懷裡。

△**春望**：想過沒有，跟妳講過好幾次了。想過沒有？

△**玉蘭**：他們不會放人的。

△**春望**：管他們答不答應，我們逃了。

△**玉蘭**：春望——我早已給老爺壞了——還懷過他的孩子。你還要我——？

（快哭了）

澎！炸彈又落下來，落在春望的心裡。春望實在太痛恨這舊社會如此欺凌一個丫頭，又疼惜玉蘭以前未曾傾訴的委屈——一時愣了。

玉蘭以為春望因為她不是處女而不要她了，擠開人群，拚命擠——狂奔而去——。

分攤如昨
到處萍飄泊。

◉第二十三場

●時：夜。

●景：街上、韶華家樓梯下。

●人：韶華、小夫妻、月鳳出場。

韶華在跑（前一場鏡頭中狂奔的玉蘭跑成了韶華）。韶華家附近有人叫——快跑——捉人了——快——要戒嚴了——有吹哨子叫人站住的聲音，有一聲槍聲。人奔跑聲。亂。腳步聲。

韶華的網籃中不過是兩瓶牛奶和一疊衛生紙，她只是在夜間，出去買些日用品，就在家附近，卻被嚇得很厲害——她拚命的往家中跑去，推開小院中的門，再往自己二樓房間衝——。在黑暗中，一道強光突然由樓梯上向韶華拍一下照住了。

△**韶華**：呀——（慘叫起來）

照她的人陪著韶華一起叫的。

△**月鳳**：呀——。

月鳳又用手電筒照自己，又再照韶華，月鳳假叫，韶華真叫。當韶華看清楚了來者是誰時，又叫。這個叫，快樂的慘叫了——呀——。（尖叫！）

△**韶華**：死——小——孩——（撲了上去大叫！）

月鳳和韶華抱在一起，纏在一起的時候，樓下房東太太開門看，看慘叫是為了什麼。樓梯燈被打開了。兩個好朋友，彼此——噓——噓——噓——把月鳳一個軍人般的背包，拖上樓梯，輕手輕腳的。

◉第二十四場

●**時**：夜。

●**景**：韶華房內。

●人：韶華、月鳳。

韶華將門一關，靠在門上，笑指月鳳那副辮子也打毛了，臉上風塵僕僕又沾了一抹黑色的樣子。

△**韶華**：破人——跟個野男人私奔到大後方去，那麼些年也沒有消息。（韶華聲音中滿是喜悅）

△**月鳳**：（拍——用中指和拇指兩指一彈，波的一響）我們這種「愛情動物」有了男人還會通消息呀。（好大聲音哦）——不過——我——告——訴——妳——哦——（當大事似的）妳的照片可是一直放在這裡（把胸口中一條繩子綁著的雞心向韶華舉一舉）——男人這種東西——常常要換的嘛——不如只放妳——在——我——心——底——（月鳳講到了心——底時，聲音好有節奏）比較省事。

（音樂偷偷配進來）

韶華聽見這話的同時，心裡的一種東西，又被觸及，此時，音樂又進來了。韶華的臉上滿是溫柔，又假板臉，對月鳳。已經取了一個自己的茶杯，為月鳳倒牛奶——。

△**韶華**：書讀了沒有？（遞上牛奶）

△**月鳳**：（接過牛奶，又不吃，往桌上一放）我這種人怎麼會讀書嘛——還不是跟了「我——的——他」在街上演話劇（好大聲喔），「嘿！放下你的鞭子來！」（做出話劇裡的手勢來，向空氣對面一指，大喝）——（才看）——咦——妳的房間不錯嘛——只有這個我認識（指指留聲機再突然把自己嚇了一大跳，因為這才正眼看了韶華，韶華根本是剛剛跑戒嚴跑散了頭髮）——呀（慘叫）——妳怎麼那麼憔悴——。

韶華又被月鳳的叫，嚇了一次。

△**月鳳**：我看妳呀，不是沒有飯吃——是——（想用詞）——哦——感情的飢渴。好，招出來，隔壁房間住的是誰？

△**韶華**：（笑）住著一個我最喜歡的人——因為他——從——來不——在——

家，跑單幫的——這樓上等於我一個人。妳的他呢？（上句余老闆出場伏筆）

△**月鳳**：吹了。唉——大概已經在延安了。

△**韶華**：（又遞上牛奶）妳吹他？

△**月鳳**：（把牛奶一口氣喝下去）我吹他，他——媽——的——（委曲了，三字經慢慢罵）——一天到晚抗日、新中國——（又加快了語氣，好大聲哦）我就問他：「到底，救國重要，還是救我重要？」我逼他，不給他睡覺，逼到天亮，妳猜他怎麼樣？——他不說。我再掐他，他說救國重要。他厚臉皮，還說我救國不徹底——我——就——說——（大聲）「沒有愛情，救得了什麼國」——拍打他一個耳光，就逃回來了。唉（黯然了再叫）呀——好呀！我們又在一起了。

月鳳把韶華抱住，用頭去頂她的胃，往床上拚命頂去，兩個人擠在床上笑。

△**月鳳**：今天晚上跟妳講個夠。

月鳳撐起身子來，將放在韶華床上的行李包打開來，背包裡的衣服、梳子、長褲被她丟出來飛到天上去。

月鳳脫下鞋子，韶華順手把床上能才的便鞋向月鳳丟了過去，月鳳一隻右腳踏下去，發覺是男人的——尺——寸——一時就明白了（聰明）慢慢下沙發，把能才的便鞋舉了起來——笑向韶華——眼睛中頑皮的火花一閃——

韶華好似「玉蘭看見春望洗澡時表情」，用手慢慢在臉上，下巴下，往月鳳揮過去，慢慢的揮，臉上一種——「哦——少來」——的風情萬種。

◉第二十五場

●時：早晨。

●景：韶華房間。

●人：月鳳、韶華。

月鳳散髮睡在沙發上，手臂伸出來，放在一條灰藍加紅條格子的毛毯上

月鳳太累了，睡得沉。韶華輕輕下床，輕輕拉了小皮夾。惟恐驚醒月

鳳。輕輕穿鞋。

◉第二十六場

●**時**：早晨。

●**景**：弄堂外公用電話。

●**人**：韶華、青年乞丐三、五人、小健、小健懷孕的妻子。

△**韶華**：（講電話）喂，請接章部長。（等）能才（口氣親愛），沒事，不要急，沒事，你別急嘛，我只是想跟你說，我那個最要好的月鳳回來了，對，你還是可以來，我們的事（此時小健的身影已然進入鏡頭，有乞丐正向韶華討錢，韶華把身體轉開背住乞丐）我不預備瞞她的——喂，等等，是我那個初戀的人正在走過，壞蛋！不是說你。還帶了一個太太一樣的人，當年我還為他自殺呢——

韶華和小健、小健太太在鏡頭下一同出現，韶華掛了電話衝出去，拍了一下小健，兩個人又推了一下，老朋友重逢似的——笑。

（滄桑滄桑的音樂在小健與韶華重逢的時候流過，當年的小健身邊已有了妻子，歲月的變化都很明顯了）

◉第二十七場

●**時**：日。

●**景**：理髮店（美容院）。

●**人**：韶華、月鳳、兩位理髮師、顧客七、八個。

小小的燙髮店，已經坐滿了那三、五張椅子。韶華和月鳳坐在椅子（燙髮椅）後面靠牆的進口處等著。

收音機裡正放著周璇的歌，那首〈憶良人〉在大氣中喜氣洋洋的飄著。

三號理髮師在吹一個女人的頭髮，手勢順著旋律一上一下的。另外兩個美容椅上的女人，一個在被師傅梳頭，她的手一直往後面夾住的「愛司頭」那一團摸來摸去。另一個師傅梳得起勁，看見顧客的手去摸他的「工程」，很被侵略了似的用上海話在說——

△**師傅**：弗要動！弗——要動……

韶華靜靜低頭打一件暗棗紅色的毛衣，方才打了一個手指那麼寬的下襬。月鳳在膝蓋上平放了三小紙口袋的「糖炒栗子」（用報紙糊的口袋），月鳳把那三個口袋的栗子，一包，一包，一包，全都倒進她右邊外套口袋裡去。把空紙口袋往韶華一送，說——

△**月鳳**：上面有字吔，看不看——咦——這件——

韶華不理會她，同時把那件毛衣，朝理髮店門外逆光的方向比了一下尺寸。月鳳那句「看不看」接下了韶華這個動作，她自己嘛，吃一顆糖炒栗子，把殼，當心的不丟到地上去，順手放進了左邊的口袋。

△**月鳳**：我那個死要救國的，我還是想他。沒心沒肺的革命份子，噯，還是愛他。（波一下，又剝出一顆糖炒栗子來。自己看了一看，往口裡一丟，又有了男友的聯想）呸！心給狗吃了。

△**韶華**：（打毛衣）月鳳，是不是女人的身體都跟著心走？（平靜，若有所思的）

△**月鳳**：妳什麼意思？

△**韶華**：我是說，妳跟妳那個小勇，有——沒有？（平靜的，思索的）

△**月鳳**：噯（默認了）。妳呢？妳跟那個大拖鞋？

△**韶華**：（仍在認真思索）我在想，到底女人的心是不是總是跟著身體走？

△**月鳳**：我是這樣的，可是男人絕對不是。（好大聲哦！）

（三號剛剛吹好一個下了美容椅子的顧客，這邊師傅就喊了——那周璇的嗓子仍在空氣中飄。）

△**師傅**：三號，這位小姐燙頭髮，儂照顧照顧了（下巴往月鳳方向指，他的

手不閒）。快一點了。

三號是個深具喜感的師傅，他向月鳳做了一個「請」的手勢，把手中毛巾往自己肩上一甩，好似表明了他的技術和自信。那長長辮子的月鳳，天不怕地不怕的月鳳，看看韶華，一隻手拉住韶華，好像叫韶華陪死一樣，上了「燙髮椅子」，一手抓住扶手，一手抓住韶華。（這些動作都是在大鏡子裡看見的。）

（下一個鏡頭）那月鳳的滿頭頭髮，已被數十根由天花板上接下來的電線，吊了起來，吊在空中好像一把大扇子一樣全部張開。哦——。

△**月鳳**：喔（嘆息），要是現在炸彈掉下來，也逃不掉了。

韶華變成十分稚氣，她看見月鳳——被吊起長髮來的樣子，自己聳聳肩膀，摸摸短髮，慶幸自己不必被吊上去。

△**三號**：坐好，坐好，要燙了，坐好。

△**月鳳**：好。我們這種「愛情（指韶華又指自己，只用手指動了動，因她不能

移動）——動物」——即使要見的，是（又指）妳——的——嗯——（又想用詞了）——愛人——我男朋友用語——也要緊張得起化學變化的——。看——我——要——變——啦！

澎！月鳳心裡緊張，那「電頭髮」配音就炸開啦！

（此時鏡頭是月鳳正面）

（月鳳主觀眼鏡子中，韶華連人帶毛線針，毛線衣，毛線團，笑撲在一個男人的身上去。）（韶華初見能才時，是鏡中看見。月鳳此時鏡中初見能才）

聰明的月鳳一看那情形，當然知道來者是誰了，這一狼狽，一把抓起肩上的毛巾，窘得——尖——叫。

△**月鳳**：呀——

◉第二十八場

●**時**：早晨接近中午。

● **景**：韶華半開的門中。
● **人**：韶華、月鳳、余老闆出場。

余老闆聽見他隔鄰房間裡有兩個女人清脆又緊張的聲音。他背了布包正要走進他的房間。

△**月鳳**：妳當心——當心——快呀——（緊張的喊）
韶華用一只「燙斗」，把月鳳的頭髮平鋪在桌子上來回燙直。（當然，月鳳此時是，半蹲著，不舒服。）

△**月鳳**：快舉起來——要焦了——。快呀——。
韶華又自己燙手，又放手，又去燙，咯咯的笑。
余老闆看見這一幕，呆了半秒，哦——這兩個女人！

△**月鳳**：那個看我的人是誰？（韶華抬頭看，放了燙斗）妳當心呀——（門外余老闆已經走了）

余老闆接近半跑的又出現在韶華房間口，手裡舉著一個夾子。

△**余老闆**：（喊的，好親切的）沈小姐，我有一個好貨色，用這個，燙斗太危險了——這個東西——一夾，頭髮就捲起來了——。

△**月鳳**：（慘叫）好不容易快燙平了，他又要來夾。呀——韶華——妳拿起來呀——（韶華手又停了。）

兩女咯咯的笑。余老闆不太明白，手裡一只「燙髮夾子」握著，也傻笑——看韶華，臉紅紅的。

浩然相對今夕何年。

◉第二十九場

●時：中午。

●景：仍然沒有葉子的梧桐樹街上。

●人：韶華、能才、月鳳、小販。

O·S·（樓下小妻子聲音）：余老闆，那麼好的貨色，她們大小姐不要，就送給我囉。

兩個好朋友，開開心心的跑下樓，跟著能才一起出了門。那O·S·根本煩不到她們。看清楚能才停了下來，買了一包糖炒栗子遞給月鳳。卻是韶華付了錢。月鳳的糖炒栗子一定被倒進衣服口袋中去的，韶華的左手，被能才悄悄握進他右邊口袋中去。月鳳看見了，能才乾脆把月鳳的右手，放入了他左邊口袋中去。兩女人衣服已不同於理髮站。

能才走在兩個女性的中間。走了兩步，停了。能才略帶感觸又幸福的看天、看樹梢、看了街、看月鳳，再深深的注視韶華——不移。

△**韶華**：幹嘛！（羞了臉）

能才被一種不能相信的幸福，甚而充滿著家庭幸福的親愛所感動，接近不能自持。這時月鳳對著韶華扮了一個鬼臉，因為能才不在看她。

△**能才**：（在韶華上一句話問出來就回答了！）真好！一家人了。

韶華在笑，如早放的迎春花。月鳳新燙的頭髮，不再只是兩條辮子。

△**月鳳**：好。我們今天讓能才大請客。

△**能才**：今天倒是我們請月鳳到龍華寺去吃素菜。

△**月鳳**：嗆死——哦——（哀叫）

（音樂在此三人行的戲中，扮演著情緒轉移到「幸福」的方向，非常重要。一定與心情「對位」）

◉第三十場

●時：中午。

●景：汽車內。

●人：能才、韶華、月鳳、司機、路人、軍隊。

月鳳和韶華一左一右的坐在能才兩邊，他們都坐在後座。月鳳當然在吃個不停——她永恆的糖炒栗子。

△月鳳：（向著能才、韶華側身，月鳳坐左邊）不過我還是喜歡大魚大肉——嚠——過去幾年——苦死囉。（上場幸福的配樂在上車時已偷偷變了。）

同時車子慢了下來，仍在城內街上。路人集中些了。有槍托向人比劃。有一排人把手舉起跖在牆上給人搜身。有小攤的菜蔬被整筐倒翻。有火燒了的一把老沙發被人由一間門內拖出來，在冒煙。有一串人被人用槍抵住從房中走出來，手都放在脖子後面，車子停住不動了。（此時鏡頭是由汽車窗中主觀鏡頭望去，一片的拍，不是一個一個拍。導演同意嗎？配樂請協助。）

車內的人僵住了，月鳳小傻瓜還在吃東西。

△**月鳳**：能才，你身上有沒有很多錢？當心，要被搜去了。（指指窗外一個路人的口袋，已被翻遍）（陰暗如夢的音樂，早已「偷偷」流進來了，月鳳心裡又在放煙霧彈，她何曾真不明白）

（特寫時鏡頭一定卡入其他被搜街景。導演想法一樣的是嗎？）

有狼狗被皮帶拉著拚命在嗅、有男人被軍人打耳光、被打的人跪了下來——又被踢了上去、正對著臉。有懷孕的婦人，被一把拉起衣服下襬，看看她是不是腹部藏著東西——此時，鏡頭帶到能才司機三分之一（？）面部，有淚忍在司機的眼眶中。有小孩被媽媽在抹住嘴，不許出哭聲，有一排人在槍托下跪在街上，一串鬆鬆的繩子連著雙手反綁的人——

車中能才看韶華，韶華看了月鳳一眼，月鳳看韶華，月鳳看能才，這時，能才不得已輕拍了司機一下肩膀，司機把肩一縮，有些反抗的味道，放下玻璃，慢慢舉起一張「派司」，迎向窗外搜人的兵。

馬上有人吹了哨子，有人排開了眾人，有人給開路——車子在人潮中開了過去——車內的四個人**「承受了窗外所有人集中的眼光」**（此時鏡頭下張力快至飽和）

△**月鳳**：不去龍華了，我暈車，不信問韶華。

（韶華向右看窗外！）

△**月鳳**：你給我停——車。（很堅持）

△**能才**：（聲音安靜，帶著眼淚了）來——開開窗——吹吹風就好了。——

△**月鳳**：跟你——講——我——不——去——了。（堅持中有反抗）

△**能才**：（黯然）那好。可不可以讓我先去前面辦公室打一個電話，訂的菜，不用等了。

車子開到一個牌子。（鏡頭只卡住三分之一的「××上海維持會」導演同意嗎？）

能才對司機說。

△**能才**：不用開進去。（車子轉了）

辦公室，大門（停）

◉第三十一場

●**時**：中午。

●**景**：街上、能才辦公大樓門外。

●**人**：能才、韶華、月鳳、司機、軍隊一排、路人。

既然月鳳不肯去龍華寺了，能才只有下車去打電話。韶華推開車門下車，好給坐在中間的能才讓路，韶華再上車時，月鳳由車子後玻璃的主觀鏡頭中盯著匆匆走向大樓的能才。這時一隊兵走過，能才停住了。又同時有一輛外面踏板上可以站衛士的黑轎車開來，兵的隊長叫一排兵停步了。車子開入了辦公大樓的內院——。

在能才走向辦公樓，停步，等兵過，黑色轎車來的同時，「鏡頭是同時」由後窗玻璃在交代能才，又拍攝了車內的月鳳和韶華，（導演認為如何？）能才等兵過時，曾經回首與車內月鳳的眼神對上了。月鳳吃東西慢了。

△**月鳳**：（扳過縮在車內的韶華厲聲）我要妳看著我，他到底是誰？（栗子越吃越慢，韶華掙脫月鳳，又被扳了回來。）

△**韶華**：他是我的——男人。（口氣肯定而堅決，給能才定位）

△**月鳳**：（尖叫，丟掉了栗子）他就是拿鞭子的人。

（那同時，辦公大樓內有了巨響，澎——爆炸了。）

裡面有人衝出來，好多人。黑煙冒了起來。此時能才掉頭就走，推著司機上車，自己快速拉開車門，向司機——

△**能才**：（沉聲低喝）快走，別人不要管。

澎！又炸了。能才一把將月鳳、韶華往他身上拉，自己把身體去覆在韶華的背上擋，那時，月鳳跨在韶華背上，韶華趴在能才膝蓋上——。

澎！又炸了一聲，車子快速開走了。

韶華一手抱住能才的腰，慢慢抬起頭來。

△**韶華**：能才，你有沒有危險？（輕輕的）

△**能才**：（拂一下韶華的頭髮）我們時間到了。

月鳳在韶華問出如此能才的話來時，緩緩由韶華背上離開。

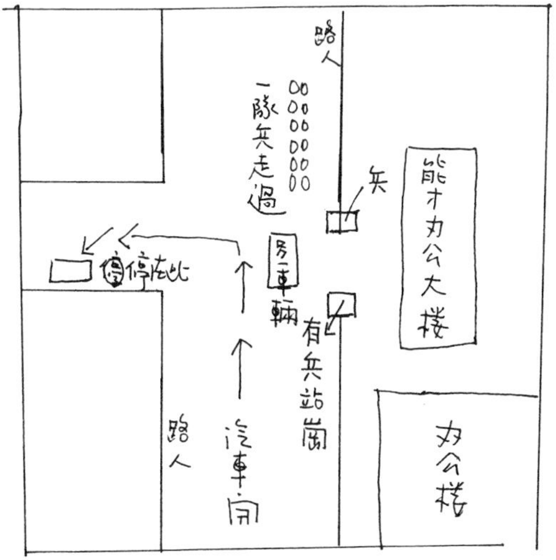

月鳳把身體坐直，慢慢將下巴靠到司機後方的墊子上去。
月鳳安安靜靜的崩潰。

誰道人生無再少。

◉第三十二場

●時：黃昏。

●景：韶華家中。

●人：能才、韶華。

（鏡頭照著韶華家中的布置）

O．S．（韶華聲音）：我這個寫作，是關出來的，如果當年你早些出現，大概我根本不會去寫什麼文章了。（房間）你給了我依靠，給了我家的感覺。（鏡頭攝到能才和韶華）（韶華靠在能才身上，一副家居的味道）

△能才：我不過給了妳一只泥老虎罷了。（能才心靈世界與生活世界不合併的。）

△韶華：對呀，現在把它關到這裡去了。（指指胸口）這件東西很神秘，

小時候媽媽給我過一只一色一樣的，你來了，又帶來一個。（嘆氣）不過你又是誰呢？（刮一下能才的鼻子，很親愛的）女人，很好騙吧？（嘆口氣，幸福的嘆氣）

△**能才**：男人還不是一樣。（苦笑）

△**韶華**：你是，略施小計的了。

△**能才**：妳喜歡呀！

△**韶華**：那你就是略施小計了。（講了三次。不放心嗎？）

△**能才**：好，有生之年，就買泥老虎給妳。

△**韶華**：那你就是略施小計了。

△**能才**：好，就算我是陰謀家，好了吧！

（韶華去膩能才）（有音樂〈滾滾紅塵〉流出來。）

△**能才**：來，我們跳舞吧。（主題曲流出來了）

（兩人由室內跳到露台上去，鄰居們全可以看見他們，而能才拉起了韶華的絲披肩，包著兩人接吻。）

△**韶華**：我們結婚吧！（絲巾下的聲音接近哽咽）

△**能才**：我的身份會害了妳一輩子。進去吧。

（好。現在已進入主題曲，在他們跳舞的時候唱出來了，歌詞字幕打出。）

〈滾滾紅塵〉羅大佑作詞．作曲

起初不經意的你　和少年不經事的我
紅塵中的情緣　只因那生命匆匆不語的膠著
想是人世間的錯　或全是流傳的因果
終生的所有　也不惜換取剎那陰陽的交流
來易來　去難去　數十載的人世遊
分易分　聚難聚　愛與恨的千古愁
本因屬於妳的心　它依然護緊我胸口

為只為那塵世轉變的面孔後的翻雲覆雨手
來易來　去難去　數十載的人世遊
分易分　聚難聚　愛與恨的千古愁
於是不願走的妳　要告別已不見的我
至今世間仍有隱約的耳語　跟隨我倆的傳說
滾滾紅塵裡有隱約的耳語　跟隨我倆的傳說

◉第三十三場

●**時**：深夜。

●**景**：韶華房內。

●**人**：能才、韶華、小妻子、小男孩。

△**能才**：（哈哈凍住了的手）好，我來生爐子。

能才蹲了下去，替韶華的小火炭爐掏灰。人佝僂著，手上一只小鏟子和一個接灰的「畚斗」，沒有長柄的。（一般中國大陸使用的畚斗是用手捧的。此時能才身體語言矮下去了）

△**韶華**：我去樓下搬煤球。（也在哈手。）

這時能才已然往樓下開門去了，手中捧著畚斗裡一盆冷灰朝韶華笑笑，自己去了，好像這已是他的家。

韶華見能才走下樓，自己快速往床邊走去。（鏡頭沒帶下去）能才再上來時的房間裡，燈熄了，兩只小小的紅蠟燭，已然點在韶華床邊唯一的八仙方桌上。那桌上一切的稿紙、書籍、漿糊、剪刀、茶杯、熱水瓶……包括桌布，都消失了，只剩下那木質桌面上兩根「並在一起」（不是一左一右如掛對聯或一般喜房中的放法）的燭。燭並肩點著，燭淚使它一起交溶。

能才手裡的畚斗放了五、七個小皮球大的煤球。不給能才迴轉思索，韶華在燭光下，將一張大方中型，大紅黑字的「八字命書紅封」，以雙手「浩然」對住能才眼睛，托高到胸口。用攤平的雙手托住（不握住），交上給能才。能才手裡的畚斗連忙往地上放，明白了韶華的決心，看了一下被炭弄髒的手，想擦又沒有東西擦的「同時」，韶華不給他猶豫那手髒不髒，把能才左手拉來，掌心打開，平放在韶華的「八字命書」上。（特寫鏡頭？）

演員提示：韶華很清楚自己在做什麼。有擔當。能才是被感動之時的「被動」。他的無力感，「生命感傷」，在接受了這麼大的事情——「另一個人的生命」時，又巨大的浮了起來。

能才拉了韶華在床沿坐下，以手擁住她的肩，掏出懷錶來，交給韶華。

△**能才：**（慎慎重重的）這只錶——韶華，是請妳，在以後的每一分每一秒裡，記住現在的我們。

兩個人親愛的貼著臉，韶華又把身體去靠緊了能才，錶——被拳握在掌中。能才感傷難禁。

韶華開始替能才脫西裝（大衣已脫了，火也燃起來了），再脫西裝裡面的毛衣（對襟、灰鐵色的），再脫背心。好似要把能才種種「人性的枷鎖」重重解開。韶華跪下去替能才解鞋帶。能才的手，在韶華做這些動作時，一直不肯離開韶華的肩、手，「他看的是一個盲點」，但他的手，沒有性慾的糾纏著韶華，兩人的動作，有一種節奏。當韶華跪下去替能才脫鞋時，能才眼中有淚光，反閃在燭影搖紅中。

（下一個鏡頭）燭光下，能才睡下了，睡在床中間，韶華放下了在能才腿部那一個方向的床簾一半。韶華斜坐到能才的床沿去，能才眼中的淚，快流出來了，看著床頭，雙手沒有防衛的合放在胃上。

△**韶華**：（摸摸能才的額、髮）睡吧。

這句話「正在說」，樓梯上已有腳步聲，緊接著有人叩門。（他們未來的命運，是時代叩著門）——殼殼殼殼殼殼……韶華快速的去開門，只肯開一條縫，卻被樓下的小妻子一衝衝開了，韶華一擋，不給她再走進來，就在門內兩步的地方，小妻子哭了。

△**小妻子**：沈小姐，雖然我們搬走了，可是妳是知道的，我男人是個好男人，沒有不規矩，現在他給七十六號抓進去了，（哭了）講他——講他——是地下工作抗日份子——這實在是冤枉了他——我們聽到消息——急得不得了——「大家」商量了一下，只有來妳房裡的那位先生——一定可以救他——（說說，跪了下來）

韶華此時，也回跪了下去，又拉小妻子起來。

小妻子是拖了小孩一起上來求的。（此時床上的簾子放一半，被能才由內悄悄的放了下來）她跪著順手啪一掌打在小孩子臉上——

△**小妻子**：（對小孩子）跪下——求爸爸的命呀——

韶華慢慢起身，彎著腰，在小妻子面前，雙手在拉小妻子——

△**韶華**：（同時）好，妳先下去。（把那臉上突然有了盼望而不再哭，也站起來了的小妻子，關到門外去。）

◉**第三十四場**

●**時**：深夜。

●**景**：韶華房內外。

●**人**：能才、韶華、小妻子、小男孩。

小妻子被門堅決的關出去了。她在門外痛哭——

△**小妻子**：妳房間裡的男人，就是去告發的人——（叫）

韶華快步回到能才身邊去，把他手一下拉到胸口——

△**韶華**：能才——這裡你以後不能留了。

兩人嘩一下——生離死別般的狂烈擁抱起來。

依舊夢魂中。

◉第三十五場

（空鏡）

中華民國國旗，在空中迎風招展。

抗戰勝利了。

（這種直接表現對待初中以上高中二年級觀眾可以，請導演再思，不然，下場對話中一句帶出抗戰勝利便可。）

◉第三十六場

●時：斜陽黃昏。

●景：韶華家（陽台上？）

●人：韶華、月鳳。

韶華躺在一只柳條編織的「斜背椅」上，這張椅子（以前在鏡頭中出現過，是樓下丟在進樓梯下翻過來擺的）有一個擱腳凳。

韶華躺在椅子上睡了過去，夢中的她，神色仍是淒涼。身上放著那件已經打到胸口的毛線衣，（理髮店中開針的那件）毛線針擱著，不交叉。手裡握著的銾，（手指上纏著銾鍊）不盪，垂在腿邊。有一片陰影，罩住了韶華的上半身，韶華太敏感，也不是真睡，緩緩張開了眼睛，如夢。（音樂偷偷流入了）（早已偷偷來）

△**韶華**：（對著鏡頭裡，她正面的半個肩影）月鳳，妳——又——來——了。

△**月鳳**：我——回——來——了。——因——為——他——走——了。這是妳——生命中——（音樂。夢幻感。對話節奏感，混成一種「境」）第二個男——人——棄妳而去——（小聲講）——妳所——熱愛的。

（說這句話時，在講到「這是……」時，月鳳慢慢蹲了下來，開始把韶華的衣袖緩緩輕輕往手臂上推，手腕上，割腕自殺的疤痕露了出來，衣袖再往上推——慢慢的——講到「棄妳而去」那句話後，月鳳手勢一緊，露出了手臂上的疤痕——所——熱愛的。）

△**韶華**：（做夢，說夢話似的，不是說給月鳳聽）我還是——愛——著——他。

（音樂。節奏。話。夢。混在一起的時空）

月鳳順手抄起那只能才的懷錶，拿了一個地上放著的杯子，輕輕的打擊——輕輕的敲——向後退——敲——

△**月鳳**：當心——我們女人要——當心——韶華回來了——（噹）——

（輕，節奏）——韶華回來了——（噹）——韶華回來了——（噹）——

（音樂在此段中如夢如幻如空如茫，有神秘不清楚的調，不起伏，但有節奏感。音樂與內心世界請求對位——女性失去男性心靈的「目標模糊」心態）

◉第三十七場

- **時**：黃昏。
- **景**：韶華房內外。

●**人**：月鳳、韶華、小妻子、小青年（偷襲能才的那個）加另外五、七個青年人、余老闆。

正當月鳳輕敲著杯子，退向開著的門邊時，已有一群人悄悄進了樓上。小妻子先出現，安靜如鬼魅的。

△**小妻子**：章能才在哪裡？我要他償我丈夫的命。

韶華、月鳳來不及反應，那一群人已經一湧而上。

（鏡頭下，韶華的房間，被砰一下關上了）（鏡頭卡在門外）

只聽得，裡面一片東西被打破、打爛、摔在地上……的聲音。隔壁余老闆在家。打開了門，一看，又關門，再開門時，余老闆手中一把武士刀，雙手斜舉著，發喊衝向韶華緊關的門。他剛要去破門，門自動開了，那時，一群人走了出來，余老闆呆住了，人群，看都不看他一眼，走了。

韶華房內已經沒有一件完整的東西。兩個女人，顯然被打了。（留聲機當

然碎了，韶華以後的世界再沒有任何音樂）

△**余老闆**：真是無法無天了，以前他們那裡敢。就算現在抗戰勝利了，也有國民政府來審呀，再說沈小姐這跟妳有什麼關係——。沈小姐，妳走走看，走走看，有沒有傷？

韶華把手一抹口角，呸出一口血水來。月鳳已從地上爬起來，把個弄翻了的椅子，澎一下往地上丟。（余老闆對韶華明顯的愛意，給他一個鏡頭）

◉第三十八場

- **時**：斜陽黃昏。
- **景**：河上。江南水道。
- **人**：韶華、船夫。

韶華坐在小船中，「面向著河，背對著船夫」。有小箱子一只。小手提包一只。小手袋一只。放在身邊。

夏天來了。韶華穿著淺藍小碎花布的小圓領西式襯衫、窄裙。粗跟（半高、低高）皮鞋。裙子可以是米白色或白色。（色調全部轉淡）

韶華的面容，被江南河水中映來的斜陽殘暉，照出一種安靜的光芒來。她的視線是一種「沒有把握的希望追尋」。

但有舊歡新怨。

◉第三十九場

●時：黃昏。

●景：容生嫂嫂家內外。

●人：能才、韶華、容生嫂嫂出場。

斜陽下，小鎮街上的房子。有外牆。有通街上的門。房子內有天井。容生嫂嫂跟能才「對面對」坐在天井灶間的外面。中間隔著一個低低的小茶几。低到兩人坐著時，彎曲膝蓋的地方。能才、容生嫂嫂一人一把小板凳。桌上放著一個小臉盆，一堆要「折」的菜。

能才幫忙折菜，把要下鍋炒的，放到臉盆裡去。容生嫂嫂不知說了能才什麼，能才把一根菜，很自然的向容生嫂嫂笑丟過去。

這一幅畫面，被已然站在開著的大門外的韶華看在眼裡。

畢竟女人就是女人。容生嫂嫂反應快，看見了門外的韶華。這一了然，向能才用眼光，輕輕下巴的一斜——能才方才看見了韶華。（音樂是悄悄溜進來的）

能才吸了口氣，暗中吸了口氣，站了起來，慢慢的，好似在斟酌這情況的來臨——要怎麼接受下來。能才向韶華迎上去時，不自覺的按了一下容生嫂嫂的肩。他走向韶華的那不過七、九步裡，還是把手，一隻手，放入他那夏季月白長衫內的褲子口袋裡去。對於韶華，能才的感覺，「不是生活的」。

容生嫂嫂也是穿了白色短女式中國褂子。撒褲筒寬口長褲。布鞋。梳頭。

整個畫面色彩以——煙灰青瓦，淡黃泥牆，木質窗框——無鮮明色彩的中國鄉城小調為主調。包括韶華的衣著，與畫面都是不唐突的——淡夏。

能才與韶華面對時，是鏡頭由容生嫂嫂的主觀位置拍看過去的。即使是他們兩人對話，這鏡頭角度的取捨，將容生嫂嫂的心，也帶了進去。是三個人的變化與交接。

△**能才**：怎麼來了？（語氣中掩飾著，掩飾另一句——妳為什麼來？——的心情。）

△**韶華**：我沒有辦法。（箱子都放下了，只拿了手提包）放心，我不會把人引來的。

△**能才**：我們出去講話。（把韶華拉出去了，溫柔的）我不是這個意思。

◉第四十場

●**時**：黃昏。夏日的夜，還早呢。

●**景**：小鎮風光、街。

●**人**：韶華、能才、小商店、老闆、擺攤子婦人、路人。

△**能才**：剛才那個女人，不過是房東太太，寡婦失業的——對我一向很照顧。

△**韶華**：（笑）我沒有問你呀！（心想，好，你也不問問我分開以後過的是什

麼日子。）（順手拉過商店一匹放在路邊的花布）

△**能才**：來，我給妳買東西——（就自作主張走到店面櫃台邊去）老闆——一尺多少錢？（又掩飾。哦，不要跟她深談過去和未來）

△**老闆**：一尺多少錢？買布嘛，起碼八尺一件短袖旗袍——（唱歌似的）三千八——算你先生便宜——（一面自作主張嘩嘩量了八尺）——零頭放半尺——大方啊——剪啦？

△**能才**：（能才一伸手，把老闆的剪刀一擋）我們回來再剪。（能才沒有經濟能力了）

△**老闆**：（馬上板臉了）不必了。（說得又乾又脆）

韶華在另一個隔鄰小攤子看鄉下女人的小東西。將能才與老闆的對話，全都看在、聽在眼裡、耳裡。她喊了——

△**韶華**：能才，我要這只頂針，還要紅頭繩。——你來買給我——。

能才替韶華把紅頭繩給繞在手腕上了。（左手）那頂針被韶華當戒指帶著，古銅色的。

△**能才**：好。買個歡喜給妳。

（以上這幾行，請導演斟酌，實在可以不拍進電影中去，只到韶華叫——你來買給我——就可以交代了。）

演員提示：能才說的是：「買個歡喜給妳」。而當他看見韶華——那住在上海城內的大小姐時，內心所感受到的，已不是當年同樣的情緒。他的無力感是那麼明顯，包括他的衣著、打扮，都已不再是當年那個坐汽車的人了。他看待韶華時，情感十分遙遠，他很不明白韶華怎麼不了解他這一年半來東奔西藏之後，人格上的變化。他忍耐著韶華，把她看成了一個沒有長大，也沒有經過風霜的女孩子，而不是女人了。

◉第四十一場

● **時**：夜。

● **景**：容生嫂嫂家的一間廂房。

● **人**：韶華、能才、容生嫂嫂。

燭火中，白色蠟燭。旁邊又點了一盞小菜油燈（城裡小姐來了，明晃晃的蠟燭也點上了。）在個八仙桌上。

韶華在鄉下房間裡開箱子。看看衣服也沒有地方掛。能才的一些衣衫是平放在床尾的。那種中國式的老床——被什麼人的手，摺得十分方正。牆上自然也有釘子，勾著薄外套什麼的。房內有一個洗臉架，有鄉土味的大花毛巾和一盆清水。

能才坐在房內向門邊的竹椅子上，不靠下去，兩隻手肘壓在膝蓋上，雙手合著，兩膝微微分開，一副鄉下男子的坐姿來了。

韶華把箱內的衣服，一件一件拿到床上去放出來。

△**韶華**：其實丟掉那些東西倒沒有捨不得，就是那架留聲機總算媽媽的紀念品，賣了倒是心痛——後來我又想——以後跟著你——東奔西跑的——東西越少越好——（韶華隱瞞了被打的事情）

△**能才**：（被逼著表明情況，他實在想拖幾天的。可是韶華那副「跟上來一輩子」的話，已經講出來了）韶華，妳要來住多久？

△**韶華**：（兩手正又拿出一件衣服來，那能才沒有帶走的「八字命造」已然在箱中出現）（鏡頭請仔細）多久？（迷茫了，把衣服抱在胸前，停了動作）我「一家一當」都來了啊——！

這時容生嫂嫂走往大門口，穿過天井，向街上的大門走去。能才放掉了韶華，快步走出去了。外面沒有燈。兩人的戲，鏡頭由韶華主觀位置先取過去，韶華的心，被帶進去了，而人不出現。

△**能才**：（把容生嫂嫂經過的牆一擋，用手臂）妳去哪裡？那麼晚了？（低

聲的）

△**容生嫂嫂：**（聲音中有委屈）我去阿哥家住幾天。（也很堅決的，受了欺負似的，一定要走，她從能才手臂下擠出去，也是不敢出大聲，怕韶華聽見什麼動靜）

△**能才：**妳這個傻瓜。（聲音輕輕的）

那一聲「妳這個傻瓜」不正是能才初吻韶華時說出來的話嗎？

韶華的「八字命造」，紅鮮鮮的，在一支白燭上燒，能才一回房，看了上去要搶，韶華伸手一擋，那副凜然的神情叫能才愣了半秒，再上去搶命造，韶華把窗一推，把那連火燒著了半張的命造加上蠟燭，全都丟到窗外去。

雨，在窗框上拍一下沾了進來。

（音樂，孤單，無奈，沒有明天，但是要有張力的——沒有明天。）

菜油燈發出那麼微薄的光芒。房間的老床上，沒有被褥。是夏天。有粗席子。

韶華向裡睡，背著能才。睡成子宮裡嬰兒的樣子。能才平躺著，兩手放在頸子下面。兩個人保持著距離。韶華那麼孤單——那麼孤單——那麼孤——而能才——不給人這種感覺。

（鏡頭運用請一定與劇中兩人心情——「對位」，請——將那——「張力」——飽和到不能再忍下去）才讓能才說話——

△**能才**：其實——我不過是個要吃飯的人——。韶華，我當不起妳。（哽咽、無奈）

△**韶華**：（傷心欲絕。沒有馬上回答。等了三秒）（平靜下來了）章部長——你的那口飯很真誠——一個沒有飯吃的人，還能夠講什麼擔當嗎？（慢慢講，傷心欲絕）

△**能才**：韶華，妳這樣不公平。這一年半來，我東躲西藏的成了什麼樣子。

△**韶華**：公平？（氣極）你怎麼敢把對我講的話對別的女人去講。

△**能才**：說什麼？

△**韶華**：說「妳這傻瓜」，這是你把我抱在懷裡的時候講的話。

△**能才**：這沒什麼，妳不要認真，再說她不過是個房東太太。（含淚了）

△**韶華**：你在那個女人面前也這麼講我？

△**能才**：沒有。（指胸口）在這裡，她不能跟妳比。

△**韶華**：你知道我到這裡來是為了什麼嗎？是為了愛你（語中已帶哽咽）。可是從你看見我到現在，可有說半個愛字？你還要說我不公平，還拿我跟別的女人去比，你眼睛裡都是別的女人（哽住了），我的眼裡，只有你——。

韶華慢慢坐到床沿去，一面講一面摸皮包，一面穿鞋子，一面嘩一下子衝出房間，衝到天井裡去。能才追得也快，順手撐起一把雨傘，撐開了，去拉韶華。韶華一把搶過紙傘，把它給撕了——

△**韶華**：我沈韶華，什麼時候要人給蔽過雨了？（帶哭聲、倔強）

韶華推開能才，返身就跑，能才追，韶華一疊紮好的鈔票，向能才迎面丟上去，能才一楞，看鈔票時，韶華已在大雨中打開大門，狂奔而去——。

◉第四十二場

●時：深夜。

●景：小水鄉鎮中無人的街道。

●人：韶華、能才。

韶華看見能才發足狂追，一轉彎，躲了起來。大雨中，能才在雨巷裡，盲目的尋找而不得。

◉第四十三場

●時：日、夜、日、夜。

●景：玉蘭婆婆的鄉下房子裡。

●人：玉蘭、婆婆。

O·S·（韶華的聲音）：玉蘭終於跟春望結了婚。春望把玉蘭帶回鄉下，將她交給了春望的母親。好不容易，日本人走了，春望卻沒有回來。人說，春望又去打別的仗，是自己人打起來的。這些——玉蘭不明白。

玉蘭病了，一直好不起來。是當年太太那一腳給踢的，留下來的毛病。

（旁白同時）（鏡頭下）玉蘭在鄉下一個沒有邊，沒有頂的床上發亂夢。頭搖來搖去。婆婆替她擦擦冷汗，又擦擦自己急出來的老淚。婆婆煮中藥，婆婆餵藥。婆婆對天拜。求。玉蘭時醒，時昏睡。日裡看見婆婆忙。油燈下，看見婆婆守住她。日裡又見婆婆替她蓋好一床破棉被。夜間婆婆披了破棉衣，距在床邊。（交疊鏡頭）

◉第四十四場

●時：日。

●**景**：倒回韶華父母老家（被關住時的房間）

●**人**：韶華。

韶華又出現在她父親關住她的二樓高房子裡去。在那寫滿了字的四面牆裡，韶華專心的在濾稿。

韶華用右手在戳自己左邊肩下的手臂，身體搖晃，前後搖晃——搖晃——衣袖上化開了一灘墨水漬。

（此處鏡頭在第二場中曾經出現一次）

人生底事往來如梭。

◉ **第四十五場**

● **時**：日。

● **景**：一條很狹很破的小弄堂。

● **人**：月鳳、一個男人的身影（小勇出現）。

月鳳在一條弄堂中張望門牌。（一個男人的背影在鏡頭中卡入）當月鳳確定了是她要找的那一個門時，男人把衣箱——為她提的，放下了。兩個人手一交握，拖了一下，放掉。男人走了。

◉ **第四十六場**

● **時**：日。

● **景**：地下室內、樓梯。

●人：月鳳、韶華。

月鳳提著她的箱子，往一個向下的樓梯走去。在那空蕩的地下室裡，韶華，躺在兩條板凳架出來的一塊木板門的床上。面對著被雨水浸漬出印子來的濕牆。

床上除了韶華之外，在靠近縮著的膝蓋邊——一只小洗臉盆中，放著一只牙刷和一條小手帕式的毛巾。

韶華又縮成子宮裡睡著的樣子。頭，枕在小手袋上。月鳳放下箱子，注視著那孤單的背影。那背著她，不看人的韶華。想拉下肩上披的一塊圍巾替韶華蓋上，可是，月鳳如果不去擁抱韶華，自己就要大哭出來了。

月鳳輕輕上了床，把上半身去貼上韶華的背脊。月鳳胸前掛著的雞心，蕩到韶華臉上。

韶華一把握住了那顆雞心。

（鏡頭在此卡掉）

◉第四十七場

● **時**：日。

● **景**：韶華家內外、舊家、以前與能才相會的小樓。

● **人**：能才、新的房客、房客妻子、小孩、老太太。

穿著長衫的能才，又推開了那一年半不再去過的韶華小樓。他直直的走上去，正對著那開了房門的老房間。一個老太太在樓上浴室門外煮一鍋湯。韶華房內，住了一對陌生的夫婦，在給小嬰兒洗澡。屋內非常「家庭生活化」，奶瓶、尿布曬了一屋。已全然不是韶華當年的房間布置了。

△**老太太問**：……先生找誰？（向屋內喊）阿四，可是你朋友來了？

能才看見韶華舊屋中玻璃都沒有了，被報紙糊了擋風。牆也打成剝落了，沒有再粉刷。門也破了，被一塊薄板釘了補起來。那位老太太的兒子過來接待能才。

△**能才**：（安靜的）玻璃都破了？

△**男人（新房客）**：我們搬來就是這副樣子了，說是以前一位房客，姘上了一個漢奸——偽政府替日本人做事的——勝利以前，那個漢奸就逃走了，住在這裡的女人，被鄰居打了一頓——房間嘛——成了這個樣子——我們也沒有配玻璃——。（這時能才方才知道，韶華曾為了他被羞辱。）

△**新房客**：先生找誰？

△**能才**：以前那位——那位小姐——。

△**新房客**：（突然警覺了）那麼，你不要就是——那個——（臉色變了，盯住能才看，尖銳的）

這時樓下房東太太探頭看，見是能才回來了，吃了一驚。笑說著上樓來——

△**房東太太**：章先生回來啦！噯，沈小姐為了你，吃了好多苦，這你是不

曉得的，——來來——我帶你去找她，現在嘛，她租了我另外一個房間，就是條件差了——。走路就到了。

◉第四十八場

●時：日。

●景：地下室。

●人：月鳳、韶華。

在那幽暗淒苦空洞的地下室裡，月鳳架起了生病的韶華。

（鏡頭由下往上取）

月鳳右手伸過韶華的脇下，架著她。另一手提著自己的箱子，那只孤伶的小臉盆，在箱子外一只網籃中跟著走了。

月鳳吃力的拖著韶華，即使跌跌撞撞的也絕對不放手，把她的好朋友向樓梯上，有著光線照射的門外，盡力拖上去。

小雨又下了起來。

◉第四十九場

●時：日。（雨天）

●景：往韶華地下室去的途中。

●人：房東太太、能才、月鳳、韶華、新房客、情治人員。

△**能才**：妳確定，沈小姐就住在這裡？（很緊張了）

△**房東太太**：我租給她的嘛——哪——前面那第三個門，右手邊，就到了。

這時，有聲音在能才身後說——回身一看，是那接了韶華房間租下去的新房客。還有另外一個人。

△**新房客**：跨到牆上去，背對著我們，手舉起來。章——能——才。

能才沒有反抗，面向著牆。雙手放在牆上。（這時，在細雨中，月鳳和韶華的黃包車，被雨布半掩住了，正由跨在牆上，給人搜身的能才背影邊，慢慢錯過而不覺。）那時房東太太跑了。

△**能才**：在你們帶我走以前，（很平靜的）我可不可以去看一個人，只要五分鐘？

△**新房客和情治人員**：休想。

能才突然推開了他們，往那「房東太太」指的那扇門狂奔過去。人，追上來了。能才跑得突然，人追得慢了半拍——。

◉第五十場

● **時**：日。

● **景**：韶華的地下室。

● **人**：能才、新房客、情治人員。

能才衝進地下室，韶華的痕跡，一無所有，空空蕩蕩的地下室，只有韶華常用的幾張稿紙落在地上。稿紙上寫了字，滿滿的字。

能才撲上去看那稿紙，只見他看了一下，發了狂，把稿紙捏成一團，往口中塞進去。

這時，追兵也來了。一看能才吞紙，打他、捏他、挖他的嘴，把紙張拉出來。

追人的人急看稿子內容，只見稿紙上，反來覆去，只寫著一句話——「玉蘭終於跟春望結了婚，玉蘭終於跟春望結了婚，玉蘭終於跟春望結了婚……」

在他們弄不明白的時候，能才推開他們，踢了，打——逃了出去。

◉第五十一場

●時：下午。

●景：一家銀行外的街上。

●人：月鳳、小勇、排隊狂擠的人群。

月鳳跟男朋友，排在人群裡。那份人疊人的擠，好似已將人疊成了「一串桎梏」。每個人被迫抱住前面人的肩膀，為了能夠呼吸，人的臉不可能被悶在前人的脖子上去，所以全都側出臉來對著鏡頭。那「一串人鍊啊」——臉上一副逆來順受的表情。他們一致望著隊伍的前方。每個人都在手臂上或是吊著大布包，或是提著小箱子，或是抱著一個紙盒，或是兩腳夾住方長箱子，那手臂扳住前面的人，又同時得顧東西，有人帽子擠掉了，不能彎身撿。有人腳上一只布鞋，有人被擠得臉上露出慘笑來。有人抵在前人的肩上，好似擠昏了過去。（大時代鏡頭交代）

人潮在不能控制中一波向前，又一波向後。波動來時，怕摔倒而叫的聲音，就來了。

月鳳和一個青年，她又回來了的男朋友，也在「人鍊子」裡面擠，那人攔腰抱住月鳳，月鳳扳住前面人的肩，又有人扳住抱月鳳男子的肩。擠呀——看呀——看呀——隊伍好似沒有動。月鳳和男子中間，又夾了一個麻布口袋，紮好的。這時有聲音在叫——不換了！今天不換了！打烊了——不能再換了！人潮，隊伍一時悵然若失。散了。月鳳跟男朋友呆站著。走散的人——心——惶惶。（驚心動魄的，擠和怕）（大時代動亂）

同時：（電影中又在拍電影）

O・S・：各位觀眾，這是美國「國家電影公司」在中國實地為你拍攝的「新聞電影」報導。

中國國民黨與中國共產黨之間數十度談判分裂之後，中國內戰而今已到如火如荼的地步。

雖然整個經濟制度仍然控制在國民政府中，可是目前經由國民政府發行的金圓券正在面臨全面性的大崩潰。中國目前的物價，每小時都在變動中，百姓不再相信紙幣，只相信銀元和黃金。過去每八萬元金圓券可兌換一元銀元，而今每一百萬金圓券以上，方能換到一枚銀元。你所看見的畫面，是國民政府為了安定人心，穩定政局，在前日發出消息，說「人民可將手中快速流失價值的紙幣，在政府指定銀行中再度合法兌換黃金。」這個消息，引來了成千上萬的人潮，據說這場「兌換黃金事件」已經擠死了若干民眾。請看在攝影機下的真實紀錄，這是中國內戰新聞之外，另一經濟崩潰的事實報導。兌換黃金的消息，並未被官方證實，而人群仍在不斷的增加中。事實上五千元一張的「金圓券」在今日社會中，已成廢鈔——。

以上是美國「國家電影公司」在中國實地為你拍攝的「新聞電影」。（大時代驚心動魄的快速播報）

醉笑陪君三萬場
不訴離傷。

◉第五十二場

●時：下午近黃昏。

●景：韶華、月鳳家中。

●人：韶華、月鳳、小勇。

（O．S．開門聲）

韶華還在寫稿，那鏡頭下，「韶華明顯的在用已經寫好稿件的反面在寫」。火柴盒堆了一桌子，韶華只占用了桌子的一個小方角。

月鳳進來了，韶華沒有抬頭，仍在專心的寫。月鳳拉著門柄，對外面說——輕輕的哄——。

△**月鳳**：你進來呀——不要怕她——進來嘛！

韶華這才斜看了一下房門。月鳳在對空氣講話，門外空空的。這時，一個手裡拉著麻袋上端的稚臉青年被月鳳一扯胸口（親暱的）衣服，拉了進來。

那一口袋的金圓券，嘩一拖，由裂縫中掉出了一些散票落在地板上。

△**月鳳**：（啪，打一下小勇的頭）叫人呀！

△**小勇**：（冷不防被月鳳一拍，拉下帽子捏在胸口，急喊）岳母大人！

△**月鳳**：神——經——病。

韶華並不笑。

◉第五十三場

● **時**：夜。

● **景**：月鳳跟韶華的房間。

● **人**：月鳳、韶華。

在幽暗的「美孚煤油燈」下。月鳳和韶華擠在一間分開放著兩張小木床的房間裡。除了那靠窗放的方桌子之外，室內可以說沒有了轉身的餘地。二樓弄堂房子中的一間。火光下，月鳳又梳上了辮子，顯出那份抗戰時吃苦耐勞實在的外表來。

月鳳在燈下專心的糊火柴盒子，地板上一個大紙盒，裡面放著材料，桌上堆了好多好多小盒子，一疊一層的——深夜了，窗外的鄰居都已沒有了燈光，這兩個好朋友的窗簾，是一片蔽不住整面窗戶的一幅圍巾，意思意思擋掉了下半面玻璃。

為了賺取生活費，兩個人，在深夜裡還在「美孚燈」下做手工，月鳳一面糊一面說——

△**月鳳**：（低聲的）妳以為他是為了我回來上海的嗎？（手不停的）他嘛——救國——新中國——救到上海來弄學潮了——我清楚得很。（喝一口茶杯裡的水）這個亂世，喝一杯茶，放三片茶葉，都是——哦——奢侈——（親一下杯子，波！）

韶華糊得很慢，心不在焉的。也不答腔。月鳳開了電燈，快速的一五一十清點做好的盒子——點好，立即關燈。

△月鳳：哦——五百八十個——好——半隻雞蛋錢出來了——（又不當一回事般放起不在乎的煙霧彈了）好，我們再糊，再糊，等到明天天亮——嘩——三千萬個——嘿——連十顆米都買不到了——通貨膨脹——世界末日——人心惶惶——哎呀——（唱起小調來）春天裡百花香／暖和的太陽在天空照／照到了我的破衣裳……好——吃飯——吃飯——（又唱下去）老闆娘做著怪模樣——（拍韶華臉頰）——好了——好了——別做怪模樣——（語氣軟了）吃飯好不好？（不行，這樣太拖戲，請導演下剪刀）

韶華沒有反應。火柴盒被當心推到靠窗邊去放了。兩碗粥，一盤鹹菜就是她們的菜飯了。

月鳳放下了飯碗，突然對著低頭索然的韶華。向她舉起一顆糖炒栗子——

△**月鳳**：（好起勁的口氣喊）看！好大的米哦——（輕）我偷來的。

韶華還是沒有反應。月鳳把電燈又拍一開——（大喊）

△月鳳：（筷子拿在手裡，張望）——咦——蒼蠅——（作狀向空中用筷子一夾）——（再向地上一摔）——死了——。（忍住笑，等韶華反應）

韶華也不反應。

△月鳳：哦——妳可真有功力。（放棄再逗韶華）

月鳳站起來，把自己的稀飯倒回半碗到鍋子裡去，（鍋在桌後一條靠牆的齊腰小狹櫃台上）一面倒一面罵——自言自語——。

△月鳳：為了一個死破男人，三魂七魄都不見了——噯，值得嗎——好，妳就像呆子一樣坐下去好了——。

說著說著的同時，在她身後有了「咔」的一聲，月鳳猛一回頭，看見韶華在咬糖炒栗子。

△月鳳：（緊張又欣喜）餓了吧！（把韶華的稀飯快捧到她口中去了）快吃——熱的。

△**韶華**：（剝開栗子，對著月鳳的嘴）張開呀——。（韶華不笑）吃下去。

月鳳受了催眠一樣吃了起來，不知所以然的。

△**韶華**：好。心——給——狗——吃——了。（臉上已然藏笑）

月鳳當然聯想到她自己在燙頭髮時，波一下把栗子丟到口裡去——罵她男朋友沒心沒肺的那時光景——呸！心給狗吃了！（來！吃栗子）這一下大笑起來。大笑起來。

月鳳撲到韶華的身上去，兩個至死不渝的朋友，相擁大笑——笑——笑——笑——笑——笑哭——哭——哭——哭——大哭出來。

（不行，這樣太拖戲了，請導演下剪刀）

◉第五十四場

●**時**：中午。

●**景**：月鳳、韶華家中。

●人：韶華、月鳳、小勇。

桌上的火柴盒子被搬到一張單人床上去亂七八糟的堆著。靠窗放的方桌正好坐下三個人。韶華坐寫稿原位，小勇坐韶華對面，月鳳沒坐，站著打橫。她在添稀飯。

△月鳳：好。（口氣好起勁哦）吃飯嘛——是最真誠的事情，我們三個人呀——今——生——今——世——都要在一起吃飯。（順手放下一小碟鹹鴨蛋，被切成四份）——至於救國嘛——（順手拿起一瓣連殼的鹹蛋）（往小勇稀飯裡一丟）——放你——一馬。（啪，又打一下小勇的頭）。（一旁韶華聽了，聯想能才說過的話：我不過是一個要吃飯的人）

那小勇，正端起碗來要吃，那帶殼鹹蛋飛入碗中又同時被「親愛的」一打，打的又是他的「救國」，這一下，慢慢心虛的放下了碗。

△月鳳：（一拂小勇的頭，不打了）你吃飯呀——（向韶華說）我就跟他

講，在你救國救死以前，先把你這一大堆（用腳用力去踢麻布口袋）——金圓券——呸！廢鈔——為——我們（指自己和小勇）——去換一條可憐的床單——（又興奮了）結果呀——擠在前面的前五個人——跟擠在後面的那五個人——什麼東西的價格都漲了十倍——我想——好吧——買不到雙人的，單人的也算了——結果那個死店——好大的死公司——居然說打烊——死發國難財——（用手背一擦頭好像才擠出人鍊子似的。）

△**韶華**：買床單？要結婚了？（含笑，平靜的倦眼書生中看一切）

△**月鳳**：結什麼婚嘛！（又去打了一下吃飯的小勇）不過是——給我們——（指天花板，兩架小床天花板頂上）這邊一個釘子，（又往另一方向指）那邊一個釘子——把兩個床，嘩——用布一拉——隔起來——（想想不對，對不起韶華）（一指小勇）——把——他——擱在——這邊。

月鳳說著，把自己的板凳一下子搬到韶華身邊去，用手一抱韶華。

韶華看見小勇那碗可憐的稀飯又要慢慢放下來了，嘛的笑成把碗澎的往桌上擱。（韶華再度聯想能才：韶華，我當不起你。）

◉第五十五場

● 時：黃昏將盡。

● 景：韶華、月鳳家門邊。

● 人：月鳳、小勇。

月鳳在關門。她的手伸到門外去。月鳳的手跟小勇的手拉著捨不得似的，拖著在放鬆。

△月鳳：（輕聲，滿是柔情）我換衣服——外面等著。

◉第五十六場

● 時：將來臨的夜。

●**景**：韶華、月鳳房間。

●**人**：月鳳、韶華。

月鳳要出門之前，看了一看自己身上的粉紅府夾大花外套，猶豫了一下。抓起牆上掛著的另一件小藍底花外套（可以是夾襖）——

△**月鳳**：好，就穿妳這件。（注意：在此月鳳換上了韶華的衣服）

韶華看見那又一度燃燒起來的月鳳，起了一絲說不出的隱憂。

△**韶華**：月鳳，留在家裡，不去管閒事。（她在收拾碗筷）

△**月鳳**：是他要去的。（無辜的口氣，指門外）

△**韶華**：（正色）妳留下來。

△**月鳳**：是他的主意嘛！

△**韶華**：（盯住月鳳）（三個人吃過的六支筷子握在手裡）你們去開這種反政府的會議，有沒有危險？（盯住月鳳，看她——）

△月鳳：有呀！（也正經了）（又慢慢講到笑）我們女人——碰到心愛的男人——就有很大的危險——（以上句子都在笑中有淚似的）——怎麼沒有？我們這種——曖——女人——（在扣外套的釦子了）如果逃得掉——男人的魔掌——就在——快——樂——天——堂——了——。

（手指在快——樂——天——堂四字出來時，按著語氣節奏，在門板上喀喀喀喀的——打）

韶華聽見這些話，直直的盯住月鳳，韶華臉色不好，一種很大的恐懼，在她心裡滋長。她盯住月鳳，好似要把月鳳看成永——恆。

△月鳳：韶華！（正視了韶華一眼）（笑）——我們——（把手掌由胸口向臉上一舉，慢慢笑揮出去）——活該！

（月鳳最後一句話的表情，在鏡頭下，含笑，手一揮舉到了肩上，好似在向韶華說——再見！）

禪心已失人間愛。

◉第五十七場

●時：夜。

●景：韶華房間。

●人：韶華、月鳳、谷音。

韶華又做好了一小疊火柴盒。（鏡頭帶入）

油燈搖晃的深夜，韶華並不上床，只拿手肘靠在額前休息——月鳳不回來，她是不能放心的。起初，韶華是驚醒的，一嚇，就以為是月鳳回來了。

韶華睡了過去，手肘一鬆，碰到了一疊疊的火柴盒，有盒子掉到菜油燈裡去，火，燒著了那幅平拉的小窗簾。（鏡頭取取看，桌布也可以）

這時月鳳從黑暗中撲了過來，搖韶華——。

韶華在同時醒了，一看見燃燒的火，趕快把著火的布拉了下來——全室暗了。

△**韶華**：（做夢似的）月鳳！月鳳！

韶華摸著開了燈——

門，被慢慢的推——開——了——月鳳!?

進來的是臉色很不好的谷音。她對門外說。

△**谷音**：老古，你看著點。（老古在外看風聲）

在谷音走進來的同時，韶華退了一步。

△**韶華**：她死了。（盯住谷音，不是求證，是肯定。）

△**谷音**：妳先坐下來。

△**韶華**：她——死——了。（肯定語）

△**谷音**：妳坐下來。是死了。

谷音去按韶華的肩，被韶華輕輕推掉，不肯坐下去。

△**韶華**：她怎麼死的？（——我早就知道了——）

△**谷音**：被圍住了。開會的學生拚命往外衝。軍警就開了槍。

韶華眼睛發直，伸手取了牆上月鳳留下來的外套，谷音眼中滿是哀憫，

伸手想拉韶華，韶華沒有看見——

△**谷音**：這麼晚了妳去哪裡？

△**韶華**：我去出事的地方看看。

△**谷音**：韶華，那裡什麼都沒有了——我們不方便陪妳去——。

△**韶華**：我還是——（如同行屍走肉一般直直的瞪著眼，走，走，走）去找她——

◉第五十八場

● **時**：深夜。

● **景**：韶華住家樓梯。

● **人**：韶華。

韶華往樓梯下走，走，走——。

△**韶華**：我還是——去看看。

這時的韶華，沒有眼淚，沒有哭腔的。

◉第五十九場

●**時**：深夜。

●**景**：街上。

●**人**：韶華、月鳳、小勇、老校工。

韶華已成了失心的瘋子，在深夜無人的街道上喃喃自語。

△**韶華**：破小孩，不是叫妳不去管閒事的嗎？為了一個男人——掏心掏肺的——妳值不值得？（此時韶華走路膝蓋都不會彎了）

那小勇跟月鳳去開會的學校門口，已經在眼前了。韶華看見月鳳和小勇兩個人靠著在牆上。小勇還把手肘撐在牆上，一雙腿輕鬆的交叉站著呢。

△**月鳳**：（很無辜的樣子）可是我們女人不把心掏出來，就不能活啊——。

（快樂的笑）

△**韶華**：妳活了沒有？活了沒有？（接近瘋狂）

△**月鳳**：（笑）我們又沒有死——（指小勇）他把他——的——心——給了他的——夢。（手往遠處極空茫的盲點一指，眼神中也看不到的夢）我把我的心——給——了——他——（往小勇心口輕輕一點，然後一舉雙臂抱到小勇身上去）

小勇始終同一個姿勢，不動。（戲劇性，不生活的樣子）

韶華在月鳳抱向小勇時，向月鳳抱上去，抱的是一個空，可是她的手臂還是不肯鬆，好似月鳳會逃走一樣，蹲下去還在死命捉住月鳳。（打雷了，轟！）韶華回到現實世界裡來，見到一把刷子在水泥地上來回的刷。韶華就蹲在刷子旁邊。四周一片空寂。

一個老校工，跛的，又用有柄的長刷刷了兩下。（沙——沙聲）

△**韶華：**（慢慢站起身）（雙手抱住自己）大伯伯，你刷誰啊——

老校工根本不理她，把個小門一開，韶華跟到屋簷下，門，在深夜裡被砰一下關住了。

雨，來了，一滴一滴的，滴上了校門外什麼人掛在樹上的撕破的白襯衫上，有水點，一滴一滴把白襯衫上的血染化開來。

韶華不相信自己的眼睛，伸手去接雨。

韶華手掌中落下了——

——血雨——。

◉第六十場

●**時**：黃昏、日。

●**景**：玉蘭婆婆家內、家外。

●**人**：玉蘭、春望。

玉蘭和婆婆所住的鄉下，成為一片白色的曠野。下雪了。有血水，慢慢流過雪原，滲進玉蘭婆婆家的門縫裡去。血，穿過了雪地，門檻，一絲絲，流進了玉蘭的房間，流到她的床下。春望，受了傷，包紮著頭，已然在她床邊。玉蘭仍在發燒，說著囈語，頭，一直晃來晃去，好似要擺脫掉她的夢魘。

△**玉蘭**：——嗯——嗯——嗯——嗯——（尖叫）我的男人死掉了——呀——。（哭）

△**春望**：玉蘭，妳醒醒，我沒有死，我在這裡。

△**玉蘭**：——春望，你死掉了——。

△**春望**：玉蘭，看，我回來了。（拍玉蘭的臉，捏她）我的夢已經得到了，再也不打仗了——玉蘭，我永遠也不再離開妳——。

（炮聲——澎！）（舞台劇味道的口氣）

◉第六十一場

●炮火。

●解放軍渡江不交代。

●炮火。

◉第六十二場

●時：夜。

●景：餐廳。（能才與韶華以前去的同一家）（沒有玫瑰花了）

●人：余老闆、韶華、小提琴手、遠處的茶房、能才。

（澎！炮聲）

（這時候鏡頭下的韶華髮型也變了，打扮傖俗，神色尖銳地好像一把刀片。）

△**韶華**：我怎麼會離開你？講得明白點，（笑）余老闆——我已經不是當年那個小孩子了，離開了你——發國難財的——我有這口飯吃嗎？（再笑）不看外面成千上萬的乞丐？——我不是那麼不明事理——余老闆——不是你——我跟他們有什麼兩樣——

△**余老闆**：沈小姐，沈小姐，妳不要這麼講妳自己。我心裡難過——。

△**韶華**：你難過？我倒不難過——好，叫那個洋琴鬼滾開！（揮揮手）——你喝湯時不要喝那麼大聲，聽了難過——

△**余老闆**：沒有關係。（慌張失措的，又有些窘迫）

△**韶華**：你沒關係我有關係，看你的吃相——。

△**余老闆**：（把餐巾一丟，站起來，作狀要離桌）妳——。

△**韶華**：你那裡去？

△**余老闆**：我去——尿——尿。（用詞不再文雅，發牛脾氣了，小孩子一樣）

△**韶華**：（指指余老闆的位子）不許動。

余老闆完全被韶華所指揮，居然如獲大赦一般又坐了回來。

△**韶華**：好，這頓飯，是余老闆，你用生命一樣寶貝的袁大頭付帳的。你給我吃下去，不然——我心疼。（笑）

△**余老闆**：講起袁大頭，沈小姐，這個時局可真不得了啦，共產黨就要進城了，妳聽這炮聲……經濟也大崩盤了。就是日本人在的日子，通貨膨脹也不是今天這個樣子，打仗打得人都快餓死了。（音樂變位了）

（此時鏡頭已由韶華主觀鏡頭帶到餐廳的玻璃外面去了，韶華根本不在聽余老闆講話。玻璃外，好似有一個似曾相識的身影，在向內張望，又走開去了。）

△**韶華**：我去去就來。

韶華把椅子一推，向門口走去。臉色有些緊張。

△**余老闆**：沈小姐——妳——

△**韶華**：你——坐。（一指余老闆的位子，余老闆像中了催眠術，站起來的姿

又何曾夢覺。

◉第六十三場

●時：夜。

●景：街上。

●人：韶華、能才、人群。

韶華在追一個佝僂的身影，追得跑過了那人一小步，方才停住，正對著那個低頭看著地下走路的人。空氣中冷冷的秋味。

△**韶華**：（意味深長的抿了抿嘴唇，接近笑了）章——部——長——別來無恙？

△能才：（抬起頭來，驚見是韶華）怎麼？連——妳，也要抓我？（細細的雨，下了起來）

韶華聽見這句話，打開皮包，掏出煙盒子，點煙，吸了一口，吐煙同時，把煙蒂就按熄在盒子上。

△**韶華**：（慘笑）你真了解我。

△**能才**：（嘲笑）在那裡面（下巴指向餐廳）吃一頓飯，天文數字了吧？

（也是想起以前時光的黯然）

△**韶華**：那重要嗎？（語氣中接近諷刺，又痛心）

△**能才**：是，那不重要，逃命都來不及了。

△**韶華**：對，你是個要吃飯的人，你是個要逃命的人，你都對——部長。

（這時，看清楚了能才潦倒不堪的樣子，語氣突然轉了，手伸上去摸了摸能才的頭髮）——怎麼這副樣子了——（柔情再出）

能才被韶華的手輕輕一碰，突然崩潰，一把握住韶華的手，放到自己臉上去。能才不敢抱她——。

△**能才**：原來我還活著。

韶華聽見這句話，拍一下打了能才一個耳光。

△**韶華**：好吧，你一開口，總是想到你自己，你有沒有想到——我們——我們是怎麼活過來的？（此時已經叫了起來）能才，（拉起能才來了，情緒帶到月鳳的死）月鳳沒有活下來——她死了——是我——親手把她洗乾淨的——是我，替她換了衣服——是我——把她的傷口一個一個用棉花填起來（聲音又高起來了）——是我——替她做的——墳——（狂叫的）

講到「替她做的墳」時，能才一把將韶華抱進懷裡去。

△韶華：那時候——你在哪裡——你在哪裡——你在哪裡？——（方才痛哭出來）

能才緊緊，緊緊抱住韶華，恨不能——

這時，已有數十人的腳步聲由街角奔來，叫——

△**人聲**：快——在那邊——

△**能才**：（以為有人來捉他了）韶華，「聽著」——我實在是愛妳——。

人群哄一下從兩人身邊衝過——

△**人聲**：快——裡應外合——搶電台——新中國萬歲——

能才與韶華，驚魂未定，慘笑起來。知道他們不是目標。

△**韶華**：你終於講了（我不相信）。

△**能才**：不逃了。（抱住韶華，用生命在擁抱她，嘆口氣）死好了。

◉第六十四場

●**時**：深夜。

●**景**：上海街上。

●**人**：路人、能才、韶華、軍隊、士兵、小妻子（以前住在韶華樓下的）。

又有炮聲由不遠的地方傳來，中共軍隊尚未能占領上海，城市中已被安放了鐵絲網、拒馬。行人被軍人指著刺刀，搜身。坦克車停在遠遠的街邊。氣氛逼人。

韶華和能才與路人一起在排隊，預備通過關卡，軍人在「和平的搜身」。能才一直半擁著韶華，也不躲避人的眼光，也沒有人注意他們。

△**能才**：（低低的聲音）韶華，我們離開中國吧。（忍不住又抱）

△**韶華**：這是講講而已。到了國外，連踏個腳印子，都不是自己的土地。我們活不好。（拉能才衣襟哽咽）

△**能才**：以前，我逃國民黨，現在共產黨又要來了——我這種人——活著就為了逃難。（感傷，緊一緊懷抱中的韶華）妳——韶華，從今以後，就是我的故鄉。（此句話說出來，韶華的生命終於得到了完成。演員表情請參考）

此時，能才已被國民黨設下的路障關口的士兵搜了身。韶華的皮包也被翻了，大衣拉開了，又被一揮手，他們過關了。排在後面的人，又被安靜的搜。

就排在隊伍後面的小妻子，也被打開一個布包，搜了之後，那個小妻子蹲在地上紮口袋，一抬頭的同時，能才回了一下頭。小妻子呆了。她再看——沈小姐，在這男人身邊。

△小妻子：（向士兵一指能才的背影）（叫）漢奸——那個人是——漢奸——抓他——

士兵根本不理小妻子，用槍托把她輕輕推開，口裡向下一個等待被搜的人——

△**士兵**：下一個。（平板的聲音）

小妻子眼看能才要走開了。看人不去抓能才，想了想又叫——

△**小妻子**：那個人——共產黨——他殺了我的丈夫——。

一聽叫出來的是「共產黨」，士兵喊了，叫了，狂吹哨子了，另外一邊街口的人馬狂奔過來了，一輛軍車向能才、韶華的方向開去——。

△**韶華**：（一推能才）快跑——

能才發足狂奔，韶華往相反的方向，迎著開來的吉普車捨命撲了上去的同時——

O・S・：（老古的聲音）韶華，不要怕，這個吃人的舊社會，快要被一個充滿朝氣的新中國代替了。

韶華的身影在車子前方，倒了下去——。

◉第六十五場

●**時**：日。

●**景**：出版社。

●**人**：老古、谷音、韶華、余老闆、老古小孩子。

（接上場O．S．老古聲音）

△**老古**：我們這些舊式文人——尤其是妳——妳來自一個帝國主義買賣家庭——妳曾經有過一個漢奸愛人——妳的文章裡——老爺——丫頭——春望玉蘭——全都是剝削階級的烙印——韶華——妳需要深刻的改造——。時代不同了——妳，好好檢討自己。

△**韶華**：我以後不寫了，總可以吧？（聲音受嚇）

△**老古**：可是，妳已經寫了呀！（鐵證如山的平板聲音）

韶華全身都是青紫，頭髮完全散著，半躺在出版社辦公室中暫時為她搭起的小床上。谷音拿著一條毛巾，從洗臉盆裡沾水，為她擦洗。

△**谷音**：唉，也不是老古要嚇妳，跟妳講過多少次，妳都不注意——那個人，不是早就是過去的事情了，怎麼又去搞在一起——（小聲了）現在大家沒空，再過幾天，上海保衛戰不打了——看——叫他死無葬身之地。哪個黨來也饒不了他的。

余老闆提了兩包禮物，已站在開著的門口了。

△**余老闆**：老古太太，我來看看沈小姐。又來麻煩了妳，對不起，對不起——。（彎身）

△**谷音**：（看了余老闆一眼）（長長的嘆了口氣）噯——又來了——好——老古——小孩子——我們進去。（順手搬走了洗臉盆）

△**余老闆**：（看著谷音全家進入內室，小心翼翼的拉了椅子坐在韶華對面）阿彌陀佛——總算不幸中的大幸——小傷、小傷——今天看上去氣色還算好——

（回頭看谷音房中方向）（又靠近了韶華一些）沈小姐，我有一句話，妳聽了不要怕——我是跟國民黨軍隊做補給生意的。現在眼看他們快撐不住了，我是死在眼前——現在還有一條船，最後一條了，可以載些政府公務員離開，我花了好多金子，買到兩張「船票」，都是假名啦——沈小姐，（已然蹲近床邊）我對妳，是「一心一意」的，知道自己配不上妳。（傷感）——可是亂世嘛，離開了上海，我們——我們，也算是——嗯——患難夫婦——哦？好了哦——我們一起走——一定要逃了——。

這時，韶華的手，已經碰上了余老闆的肩，聽見他講這些話，那隻手，慢慢順著余老闆的手臂摸了下來。這時，余老闆受到很深的震動，跪了下來。

△**韶華**：（輕輕，慢慢的）我們分開走。他們盯住我。

余老闆大受感動，仍然不敢去拉韶華已經蓋在他手上的那隻手。

△**韶華**：船票在你身上？

△**余老闆**：在。

（鏡頭中，沒有看見余老闆交船票給韶華）

這些個千生萬生只在。

◉第六十六場

●時：日。

●景：兵荒馬亂，人潮瘋狂湧向碼頭的大上海。輪船。

●人：韶華、能才、余老闆、逃難的人群、男女老少。千人以上。

鏡頭中，韶華被能才半拖著走。

△**能才**：（神色緊張，牢牢挾住韶華）要擠進去了，跟住我，拉好。

△**韶華**：能才（已快哽咽）

△**能才**：這一走，不知什麼時候回來，捨不捨得？（面濕）

韶華抱住能才，拚命搖頭。能才以為韶華的不捨，只是為了中國。

（韶華又推開了能才，直直的看住他，要將他看成永恆）

△**韶華**：跟你照相，這裡。（輕點太陽穴，哽笑）

能才擁住了韶華往人潮洶湧的碼頭擠去，沒有反應過來韶華這句話。他很緊張。要擠進去上船了。走走走，擠入了混雜的人群。韶華，一個皮包，沒有行李。能才，一個小公事包，沒有行李。人群，有行李，有各色各樣的行李。有人抱著嬰兒，有老太太拉住兒子和老先生；有婦女、男人、小孩（擠哭了）一家，牢牢的抱成一團在擠。有人、人、人、人、人，成千的人——擠呀，擠呀，擠呀，——擠上那條逃向未知的輪船。人群中，只有一種表情——惶恐、焦急、趕、怕——。余老闆在另一堆人中擠，急迫張望。

他們不是達官貴人，他們只是意識到，在過去的生涯中，背負著黨派的烙印，而又不明白中共接掌政權之後，自己命運如何的一批又一批，被時代追趕的普通人。

韶華的表情，痛不欲生，但那是受傷後沒數日肉體的痛——被擠成快要成肉餅了的真痛，加上另一種內心快要撐不下去的靈魂之痛不欲生。

能才在人群中打衝鋒，用手肘擋人、推人、撥開人，保護韶華，拖她，盡可能將她放在他身前，有時，韶華沖散了，能才一拖她回來，一路拚命擠。這時，身邊全是叫喊——

（以上是鏡頭下一片快速帶過的當時人潮交代，這中間擠著能才與韶華。現實拍攝時請再設計，目前只有劇情而無外景的敘述，配樂史擷詠，請求大氣磅礡的加入，殺出大時代的氣勢來。）

眾人聲：海龍，跟住爸爸，媽媽煮的雞蛋拿好，船上吃——（哭）聽爸的話——媽媽等你們快回來——先生、太太，我沒有船票——看，我的兒子——白白胖胖的小嬰兒，送給你們——求求先生太太——做做好事——孩子爸爸已經走了——你們看看呀——白胖兒子——男的——一個手指頭都不少——做做好事呀——多子多福——我的孩子送給你們——（求——哀求——）——讓路——我們是有船票的——讓路——小孩子（哭）要擠死了——拉好（狂叫）——小妹——拉緊爸爸——漢生——你在哪裡——漢生——（哭叫）——讓路呀——不要擠呀——（人潮前後擠成了波浪——有人跌倒了被踩在地上又有人跌上去）——不能擠啦——踩死人啦——百青——我等你（女聲）——我等你一輩子——快去快回（哭）——我等你——（哭）——妹妹——要勇敢——哥哥不能照顧妳了——阿三——媽媽縫在你褲腰裡的東西——看——牢睡覺也不要放鬆——媽媽——我不得已——我不孝——快擠——（一片哭叫那——生離——死別——人群中有人拉住另一個人——那人打他耳光）——沒志氣——三五個月就回來了——你哭——什麼——（講、打的人，自己也在哭——模糊中交錯叫出來）（中國是個情緒民族，此時不必收斂）

韶華跟能才擠到了船邊，人更瘋狂了，船上的管事的人，早已拉成人接人的「手鍊」——沒有船票想硬衝上去的人，被踢了下來——「人手做成的手鍊」狂叫——

△**船上人**：把船票舉起來，有船票的人，拿好了，舉起來——那裡——拉那個——你沒有。（一腳踢過去，人被踢了都倒不下去，人太擠了）——快拉——上來！——舉起來——船票舉起來——快——要開船了。（人群中，有票的，都

舉了起來）

韶華在能才懷中擠，她緊緊的握住了一張大紅色的船票，交給了能才，臉色如同一個——鬼般。人群中有好些人手上舉著船票。

△**韶華**：能才，拿好你的這一張，我們各人拿好各人的。拿好——。（韶華臉色如死亡，當她講到「拿好」這個字時，等於交出了性命）

能才接過了船票，高高舉起，護住韶華，快擠到船邊了——**韶華手中沒有船票。能才沒有注意**。船上人由高處望，緊張的叫——

△**船上人**：那裡——有票——拉上來，拉——快——

三五隻手一把將能才盡力拉了過去，這時，鏡頭之下，余老闆又急又擠又拚命搜索韶華，他也舉起了一張船票——人——拉了余老闆上船——又踢了亂衝上來的人——。

韶華此時由能才的手臂下，用力一推、一鑽，用盡了她的氣力，往相反的方向，擠回那些拚命要向——船上擠去的人。能才看不見了韶華，而他已被人拖上了船，能才急得狂叫起來——韶華——那一聲悠長的叫喊，被人聲所溺沒——但是——余老闆——已然在船上人堆裡了——他聽見了——看見了——能才——而他又看見了，韶華在船下的人群中向外擠——汽笛——嗚——叫了第一聲——甲板——慢慢收起——此時，船上船下一片哭喊——**余老闆——拚了他的命——推開人群，在甲板要收起來的時候——向岸上不要命了的跳了下去**——手上那張船票——往那要送掉孩子的女人手中一塞——人——舉起了嬰兒——呀——向船上丟去——女人——母親——在汽笛嗚叫第二聲的時候——被人拖上了船——

韶華，擠在人群中，看著那啟航的船，看著——看著——把雙手拳握在眼睛下——那第三聲汽笛——叫成了她巨大的喊——韶華——她咬住自己的拳頭——咬住，——啃住——韶華的心、肝、肺——腸——碎成一塊一塊——一片一片——。

船，一點一點離開了岸。

韶華，看見能才在船上要跳船，太遲了。能才伸手向她，他在叫——但已聽不見聲音，那個口形——韶——華——。

這時，余老闆擠向了韶華。韶華，力竭了，死了似的，看著余老闆——四周一片哭聲。

△韶華：余——先——生，我害了你。（改口了，稱余老闆——余先生）（死人一般的講）

△**余老闆**：沒有關係，沒有關係。不要緊，我沒有關係。不要怕，我不怕死——不要哭——沈小姐——不哭——不哭——（伸手想擁抱那孤苦無依的沈韶華）（但不敢，他雙手包圍住韶華——不碰到她的——一個空虛又尊敬又疼惜的空的擁抱）沈小姐——日本人的日子，我們都過下來了，自己人的政府，難道活不下來嗎——不哭——不哭——好了——好了——我在——我在——我在——我在我在我在我在……。

◉第六十七場

●時：日。四十年後。

●景：現今的中國。

●人：已經老邁了的章能才、中國共產黨戶口調查處。

能才下了「中國民航」，回到了他那朝思暮想的城市——上海。

能才已經沒有可以探問韶華消息的對象。他去了管理戶口的中共單位，想由戶口檔案中找出韶華的下落。

有人，客氣的為能才尋找資料。有人，翻出了一張薄薄的文件，交在能才的手中，等能才看過了，又當心的收了回去——歸檔。

踏盡紅塵何處是吾鄉。

◉第六十八場

●時：四十年後。

●景：現今中國。

●人：能才、公安部人、春望、玉蘭、小女嬰。

△**中共解放軍**：章先生，你要找的人——沈韶華，很遺憾——已經不在了。她在地方上倒是小有名氣，倒不是為了她的書，而是當年沈小姐跳海自殺。結果怎麼樣呢？她被第一個進城的解放軍救了起來。沈小姐眼睛一張開，看見解放軍軍帽徽上的五角星，就說：「幸虧我沒有死，要不然就看不到這新中國了。」——（此處暗藏反諷，在解放軍主觀想像語言中帶出）

解放軍交給能才一本書，又說——

△**解放軍**：這本書是沈小姐解放以後出的，現在不好買了。如果章先生想

要，可以送給你。（很親切的）

能才接過了一本封面上寫著《白玉蘭》的小說，翻到最後一頁的同時，韶華的O．S．出現了。慢慢的，平靜的在敘述。（韶華聲音出來了）

O．S．：「**玉蘭知道春望戰死了，就去跳了河，卻被鄰村一個小夥子給救了起來。玉蘭心裡怨了這救命恩人一輩子，卻也就跟住了他。**」

（鏡頭下，能才看見韶華書中的人物出現在眼前）

這一天，夫妻兩個抱著孩子去報戶口，人家問說，這孩子叫什麼名字，玉蘭說：「生下娃娃的那一夜，月亮白白的，照著孩子，好像月娘娘送來的鳳凰一樣，就叫她月鳳好了。」

一時裡，能才熱淚盈眶。（音樂，請音樂配合）

老邁了的能才，一步步走向那四十多年前與韶華、月鳳一同去郊遊的街道，鏡頭開始拉開，拉高，再高，寬，闊，大，再拉——

中國大地在茫茫白雪中出現，襯著孤單單的能才踽踽獨行，沒有了方向——。

（字幕再度出現）

劇中留在中國大陸的余老闆、谷音、老古、小妻子、王司機、小健、小健妻子、谷音小孩……一個——一個——

——死在不同的動盪和命運中。

沈韶華——死於文化大革命。

當時中國人口——四億五千萬。

目前中國人口——超過十一億。

三毛一生大事記。

- 本名陳平，浙江定海人，一九四三年三月二十六日（農曆二月二十一日）生於四川重慶。
- 幼年期的三毛即顯現對書本的愛好，小學五年級時就在看《紅樓夢》。初中時幾乎看遍了市面上的世界名著。
- 初二那年休學，由父母親自悉心教導，在詩詞古文、英文方面，打下深厚的基礎。並先後跟隨黃君璧、邵幼軒、顧福生兩位畫家習畫。
- 一九六四年，得到文化大學創辦人張其昀先生的特許，到該校哲學系當旁聽生，課業成績優異。
- 一九六七年再次休學，隻身遠赴西班牙。在三年之間，前後就讀西班牙馬德里大學、德國哥德書院，在美國伊利諾大學法學圖書館工作。對她的人生歷練和語文進修上有很大的助益。
- 一九七〇年回國，受張其昀先生之邀聘，在文大德文系、哲學系任教。後因未婚夫猝逝，她在哀痛之餘，再次離台，又到西班牙。與苦戀她六年的荷西重逢。
- 一九七四年，於西屬撒哈拉沙漠的當地法院，與荷西公證結婚。
- 在沙漠時期的生活，激發她潛藏的寫作才華，並受當時擔任聯合報主編平鑫濤先生的鼓勵，作品源源不斷，並且開始結集出書。第一部作品《撒哈拉的故事》在一九七六年五月出版。
- 一九七九年九月三十日，夫婿荷西因潛水意外事件喪生，三毛在父母扶持下，回到台灣。

● 一九八一年，三毛決定結束流浪異國十四年的生活，在國內定居。
● 同年十一月，聯合報特別贊助她往中南美洲旅行半年，回來後寫成《千山萬水走遍》，並作環島演講。
● 之後，三毛任教文化大學文藝組，教〈小說創作〉、〈散文習作〉兩門課程，深受學生喜愛。
● 一九八四年，因健康關係，辭卸教職，而以寫作、演講為生活重心。
● 一九八九年四月首次回大陸家鄉，發現自己的作品，在大陸也擁有許多的讀者。並專誠拜訪以漫畫《三毛流浪記》馳名的張樂平先生，一償夙願。
● 一九九〇年從事劇本寫作，完成她第一部中文劇本，也是她最後一部作品《滾滾紅塵》。
● 一九九一年一月四日清晨去世，享年四十八歲。
● 二〇〇〇年七月三毛遺物入藏國立文化資產保存研究中心籌備處。現址為台南市中西區中正路一號國立台灣文學館。
● 二〇〇〇年十二月在浙江定海成立三毛紀念館，由杭州大學旅遊研究所教授傅文偉夫婦籌劃。
● 二〇一〇年《三毛典藏》新版由皇冠出版。
● 二〇一六年十月二十六日三毛作品《撒哈拉歲月》西班牙版與加泰隆尼亞版，於西班牙出版。
● 二〇一六年十二月二十日國立台灣文學館出版《台灣現當代作家研究資料彙編．89．三毛》。
● 二〇一七年四月二十日中國大陸浙江省舉辦「三毛散文獎」決選及頒獎典禮。

國家圖書館出版品預行編目資料

滾滾紅塵/ 三毛 著.
-- 二版. -- 臺北市：皇冠, 2019.4
面；公分. --（皇冠叢書；第4754種）
（三毛典藏；13）

ISBN 978-957-33-3440-8（平裝）

854.9 108003540

皇冠叢書第4754種
三毛典藏 13
滾滾紅塵

作　　者—三　毛
發 行 人—平　雲
出版發行—皇冠文化出版有限公司
台北市敦化北路120巷50號
電話◎02-27168888
郵撥帳號◎15261516號
皇冠出版社(香港)有限公司
香港上環文咸東街50號寶恒商業中心
23樓2301-3室
電話◎2529-1778　傳真◎2527-0904
總 編 輯—龔橞甄
責任主編—許婷婷
責任編輯—平　靜
美術設計—王瓊瑤
著作完成日期—1990年
二版一刷日期（三毛典藏版初版一刷）—2019年4月

法律顧問—王惠光律師

讀者服務傳真專線◎02-27150507
電腦編號◎003113
ISBN◎978-957-33-3440-8
Printed in Taiwan
本書定價◎新台幣300元/港幣100元